朱朱诗选

我身上的海

朱朱 著

北京联合出版公司
Beijing United Publishing Co.,Ltd.

雅众诗丛·国内卷

雅众文化 出品

我身上的海
朱朱诗选

目录

I 《枯草上的盐》（2000）

楼梯上　002

小镇的萨克斯　003

厨房之歌　004

沙滩　006

舞会　007

蚂蚁　008

煽动　009

我是弗朗索瓦·维庸　010

和一位瑞典朋友在一起的日子　012

II 《皮箱》（2005）

林中空地　016

青烟　017

皮箱　021

车灯（II）　026

野长城　027

夏特勒　030

邂逅　031

小城　032

鲁滨逊　037

III 《故事》（2011）

爬墙虎　044

石窟　045

寄北　047

海岛　048

内陆　050

江南共和国　051

乍暖还寒　054

旧上海　055

先驱　057

隐形人　058

蝴蝶泉　061

拉萨路　062

后院　065

好天气　066

圣索沃诺岛小夜曲　068

小镇，1984　070

七岁（选二）　072

　喇叭　072

　故事　074

IV 《五大道的冬天》（2017）

佛罗伦萨　078

古城　080

路过　081

月亮上的新泽西　082

双城记　084

地理教师　086

读《米格尔大街》　087

读曼德施塔姆夫人回忆录　088

彩虹路上的旅馆　089

我想起这是纳兰容若的城市　091

丝缕　092

啄木鸟　094

越境　095

瞑楼　097

对决　098

伤感的提问　099

给来世的散文　101

道别之后　105

那天我被布罗茨基打击……　107

背　108

五大道的冬天 109
  走在忠孝东路 112
  夜访 114
  变焦 116
  我身上的海 118
  马可·波罗们眼中的中国 119

Ⅴ 新诗（2018—）

  阿特拉斯与共工 126
  断章 127
  读《安娜·卡列尼娜》的女人 128
  蒙德里安的海 129
  当光从维米尔的画中被取走 130
  霍珀（选四） 132
    三间屋 132
    科德角清晨 134
    自画像 136
    阳光里的人 138
  流水账 139

Ⅵ 清河县
  清河县Ⅰ（2000）
    郓哥，快跑 161
    顽童 162
    洗窗 165
    武都头 166
    百宝箱 169
    威信 174

  清河县Ⅱ（2012）
    守灵 177
    浣溪沙 178
    小布袋 182

    寒食 184
    对饮 188
    围墙 190

  清河县Ⅲ（2020）
    雨霖铃 195
    客舟 198
    别院 202
    永福寺 206
    码头上 209
    墓志铭 214

编选说明 215

I
《枯草上的盐》
(2000)

楼梯上

此刻楼梯上的男人数不胜数
上楼,黑暗中已有肖邦。
下楼,在人群中孤寂地死亡。

小镇的萨克斯

雨中的男人,有一圈细密的茸毛,
他们行走时像褐色的树,那么稀疏。
整条街道像粗大的萨克斯管伸过。

有一道光线沿着起伏的屋顶铺展,
雨丝落向孩子和狗。
树叶和墙壁上的灯无声地点燃。

我走进平原上的小镇,
镇上放着一篮栗子。
我走到人的唇与萨克斯相触的门。

厨房之歌

多么强大的风,
从对面的群山
吹拂到厨房里悬挂的围裙上,
屋脊像一块锈蚀的钟摆跟着晃动。

我们离街上的救护车
和山前的陵墓最远,
就像爱着围裙上绣着的牡丹,
我们爱着每一幅历史的彩图。

有水壶和几瓶酒,
水分被空气偷偷吸干的梨子,
还有谦恭地邻近水管的砧板。
在日光中,
厨房像野鸭梳理自己的羽毛。

厨房多么像它的主人,
或者他的爱人消失的手。
强大的风掀开了暗橱,
又把围裙吹倒在脚边。

刮除灶台边的污垢,
盒子被秋天打开的情欲也更亮了,
我们要更镇定地往枯草上撒盐,
将胡椒拌进睡眠。

强大的风
它有一些更特殊的金子
要交给首饰匠。
我们只管在饥饿的间歇里等待,
什么该接受,什么值得细细地描画。

沙滩

少于冬天的鸟。
少于记忆之外的日子。
少于我的影子;少于石头之中的
你的影子。

很少有这样的时刻,
我走过大风,也走过一下午的纬度
和海——语言,语言的尾巴
长满孔雀响亮的啼叫。

舞会

凉廊上,
雨具滴着水,
渍迹像阴影覆盖了白昼,
但现在还不需要灯。

这会儿他们还不会走过来,
取自己的围巾和呢帽,
或者围绕一只缩起了脖子的鹦鹉,
听它那亡友的口音!

太阳从云层里投下
某一只陶罐上的釉彩:
它也在音乐里漂浮,
像一层厚厚的脂肪。

蚂蚁

你要那些该死的力量做什么?
拿去,我给你一个人的力量,
一个男人的力量,
一个年轻男人的力量,

一支军队的力量
隐藏在你颤抖的躯体里。
但谁敢承受你的抚摸呢?
谁能想象那种密度与浓缩,
谁能保证它不会突然爆炸,
为了失去?

你用该死的力量
在夏日午后的沉沉睡意中
翻过一座山丘,
遗弃了同类。

煽动

一切死得多慢,
在旋律里掺进了玫瑰与蝴蝶,
我在说:玫瑰涌上来
而蝴蝶,甚至死后也是美丽的。

蝴蝶是美丽的,
它因你的煽动而更美丽。
太阳剪着我们身上的羊毛,
只有这里,才有这样的太阳。

太阳下才有这样的玫瑰,
它是被怀疑的锦缎;
才有这样的蝴蝶,
展翅在最小的损失中。

我是弗朗索瓦·维庸

借你的戟一看,
巡夜人,
我是弗朗索瓦·维庸。
经午夜寻求
斜坡向阳的一侧,
我要在那里捉虱子,听低哑的滴水声。

这漫天的雪是我的奇痒,
巴黎像兽笼,在它的拱门,
全部的往事向外膨胀,
这是我的半首《烤鱼歌》,
赏一口酒如何?
某处门廊下停着一具女尸
你可以趁着微温行乐。

或者我教会你怎样掌管时间,
只要一把骰子
和金盆里几根香菜,
我还能模拟暴风发出一阵嚎叫,
把烟囱里的火吹燃,
我的叔叔。

天堂里多热,
当天使抖落身上的羽毛,
我们的口涎却在嘴角结冰,

赏一口酒如何?
漫长的冬天,
一只狼寻找话语的森林。

和一位瑞典朋友在一起的日子

光不在玻璃上返回,
而是到来。
春天不是在冰雪上犹豫地停留,
等待动物爬出来,
河流随之柔软。
在南方的天空下,
阴影即使有厚度,
也是轻巧的一触,
就碎去。

水池上,
扁豆的睾丸
轻摇着,
轻摇着,
琉璃瓦的屋顶下
那些阴森的褶皱展开了。
人们一个接着一个,
穿过了街道
但又不知为什么穿过。

在"冰岛"
这样的词意味着的
北欧的孤寂里
(那里,每一座房屋
都是一个遥远的情人),

这里已经是盛夏,
这一天的人群
就是一个世纪里的人群。

光还在增强。
杨柳像溅起来的池水吞没我们
和你手中的
鱼眼镜头。
黑极了的煤可以做镜子了。
蝴蝶轻盈得可以反过来承担什么了;
蝴蝶开始展翅——
不再要求你盛放
干涩的卵。

我将手放在你
那正在熔化的雕像式的躯体上,
你不是流亡者
而是选择了另一种生活,
但是你说:"流亡有很多种……"

II
《皮箱》
（2005）

林中空地

　　我获得的是一种被处决后的安宁,头颅撂在一边。

　　周围,同情的屋顶成排,它们彼此紧挨着。小镇居民们的身影一掠而过,只有等它们没入了深巷,才会发出议论的啼声。

青烟

Ⅰ

清澈的刘海；
发髻盘卷，
一个标准的小妇人。
她那张椭圆的脸，像一只提前
报答了气候的水蜜桃。

跷起腿，半转身躯，一只手肘撑在小桌子上，
手指夹住一支燃烧的香烟（烟燃尽，
有人会替她续上一支，再走开）。在屋中
她必须保持她的姿势至终，
摄影师走来走去，画家盯住自己的画布，
一只苍蝇想穿透玻璃飞出，最后看得她想吐。

晚上她用一条包满冰的毛巾敷住手臂。

Ⅱ

第二天接着干。又坐在
小圆凳上，点起烟。画家
和她低声交谈了几句，问她的祖籍、姓名。
摄影师没有来，也许不来了？
透过画家背后的窗，可以望见外滩。
江水打着木桩。一艘单桅船驶向对岸荒岛上。

一辆电车在黄包车铃声里掣过。她
想起冠生园软软的坐垫,想着自己
不够浑圆的屁股,在上边翘得和黑女人一样高。
这时她忘记了自己被画着,往常般吸一口烟,

烟圈徐徐被吐出。
被挡在画架后面的什么哐啷一声。
画家黑黝黝的眼窝再次对准了她,吓了
她一跳。她低下头扯平
已经往上翻卷到大腿根的旗袍。
这一天过得快多了。

Ⅲ

此后几天她感觉自己
不必盛满她的那个姿势,或者
完全就让它空着。

她坐在那里,好像套着一层
表情的模壳,薄薄的,和那件青花旗袍一样。
在模壳的里边——
她已经在逛街,已经
懒洋洋地躺在了一张长榻上分开了双腿
大声地打呵欠,已经
奔跑在天边映黄了溪流的油菜田里。

摄影师又出现过一次。
把粗壮奇长的镜头伸出
皮革机身,近得几乎压在她脸上,
她顺势给他一个微笑,甜甜的。

一台电唱机:
"蔷薇蔷薇处处开"[1];
永春和[2]派人送来陪伴他们的工作。

IV

她开始跑出那个模壳,
站到画家的身边打量那幅画:
画中人既像又不像她,
他在她的面颊上涂抹了太多的胭脂,
夹烟的手画得过于纤细,
他画的乳房是躲在绸衣背后而不是从那里鼓胀,
并且,他把她背影里的墙
画成一座古怪的大瀑布
僵立着但不流动。
唯独从她手指间冒起的一缕烟
真的很像在那里飘,在空气中飘。

她还发现这个画家
其实很早就画完了这幅画,

1　20世纪30年代盛行上海滩的百乐门爵士歌曲之一。
2　全称为永春和烟草股份有限公司,即雇用诗中的妓女做广告模特儿的商家。

在后来很长的一段日子里,每天他只是在不停地涂抹那缕烟。

皮箱
　　——献给我的父亲

　I

我们去钓鱼。
我们的手臂垂放在水面之前,

经过了我的出生地。
他沉睡,经过

另一座小镇,土路强烈的反光
像肮脏的雪,大礼堂屋顶上

悬挂着
车轮掀起的尘埃,

每小时七十码,等于礼堂看门人的
半个微笑,

不知道她为什么
站在那里,对一辆车微笑着致意?

某座山墙上
一句褪色的标语,

悄然地掠过嘴唇;将近

半个世纪,终于它的音量被调至最低。

Ⅱ

经过田野,村庄,田野,
车停在沟渠边,每一个路上的水洼

都像乞求、发光的鱼,
等待一条上涨的河。

他对我说起作物的名字,
语调从未如此地温和——

说起那只猫,
在那次全家搬迁时,突然跳下了车。

他又不再言语,和这里一样
沉寂,空旷,在一群鸟的啄食声中;

一层银灰色塑料布
遮覆在天边;而我感到

他终于开始触摸什么,
并且把我的手指和它们放在了一处。

Ⅲ

他再次睡去,将头靠在我的胸前。
渔具放在黑色的、装有弹簧锁的皮箱里,

皮箱放进后备厢之前,
放在家中的大橱顶上,

很多年。
我幼小的视线总是被它吸引,

一只从没有在我眼前打开过的
箱子,它坚硬的壳

沉如一块墓碑,焊在冰层中。
不透明。当阳光穿透窗户

旋动钥孔般,
敞亮了家中的所有物件。

Ⅳ

他再次睡去,将头靠在我的胸前。
泥泞的路,车盖发出牙齿般咯咯的颤抖。

收音机里传来
爱沙尼亚总统和

叶利钦的会见。
反光镜像一架闪光的相机在摄下：

我的胸膛
被俄罗斯衰老的头靠住，

成年了，骄傲就像越过岩壑的潮水
淌向平原；

被一份在颠簸中不断减轻的重量
压迫着，压迫着，这压迫

甚至让我惬意于
温暖的血液。连绵的浮标

很快将垂放在水面，
还有挥杆时那束

强烈的射线
使河的波长骚动而密集——

久久地握住手中的钓竿，
这还是第一次——

在无声地扩张的尽头，
有很多年才等到的宁静。

V

现在他把我的手指
放在了从皮箱里取出的

这根钓竿上；
纠正我的手形，

并且捏紧钓钩上的
那截蚯蚓，

轻按我的手往下
直至线钻入晃漾的水深处。

现在皮箱就躺在我的脚边，
箱底的皮湿漉漉的、在溶化，似乎——

反而有无数条鱼从里边
结队淌游而来，

沿着我手中弯曲的钓竿
游入河心。

我触碰这簧片，
打开箱子就像打开一个真空，

我啜泣在这个爱的真空，
除了它，没有一种爱不是可怕的虚设。

车灯（II）

另一次晚归时
我看见车灯直如一把尺子，
丈量着这片土地。
汽车的轮胎在滚动中
面对一块黑布的巨大尺幅，
尺子太短了，只有分段地进行。
如此地，我就像那个裁缝
默记着，驶过的地方
黑暗又降临，等于布被量过的局部
手和尺身的印痕自动地平复。
完美的裁缝大脑记住了每一段；不完美的
大脑被搅晕，还要折回来
重新丈量。而我就是那不完美者，
就是学徒，被斥责说，"最简单的事你也做不好"；
起码我以笨拙面对真实。

野长城

Ⅰ

地球表面的标签
或记忆深处的一道勒痕,消褪在
受风沙和干旱的侵蚀
而与我们的肤色更加相似的群山。

我们曾经在这边。即使
是一位征召自小村镇的年轻士兵,
也会以直立的姿势与富有者的心情
透过箭垛打量着外族人,
那群不过是爬行在荒原上的野兽。

在这边,我们已经营造出一只巨大的浴缸,
我们的日常是一种温暖而慵倦的浸泡。
当女人们在花园里荡秋千,
男人们的目光嗜好于从水中找到倒影;

带血的、未煮熟的肉太粗俗了,
我们文明的屋檐
已经精确到最后那一小截的弯翘。

Ⅱ

现在,经历着

所有的摧毁中最彻底的一种:
遗忘——它就像

一头爬行动物的脊椎
正进入风化的尾声,
山脊充满了侏罗纪的沉寂,
随着落日的遥远马达渐渐地平息,
余晖像锈蚀的箭镞坠落。

我来追溯一种在我们出生前就消失的生活,
如同考据学的手指苦恼地敲击
一只空壳的边沿,
它的内部已经掏干了。

Ⅲ

在陡坡的那几棵桃树上,
蜜蜂们哼着歌来回忙碌着,
它们选择附近的几座
就像摔破的陶罐般的烽火台
作为宿营地。

那歌词的大意仿佛是:
一切都还给自然……

野草如同大地深处的手指,
如同蓬勃的、高举矛戟的幽灵部队

登上了坍塌的台阶,
这样的时辰,无数受惊的风景
一定正从各地博物馆的墙壁上仓惶地逃散。

夏特勒[1]

通道的墙壁上绘有箭头和站名,别错过,否则你就会迷失在数不清的岔路之间。一座庞大的地铁中转站,幽暗的迷楼,虬枝横生的树干。你走在通道里,能听见隔壁传来地铁疾驶而过的咆哮声,它像一位神秘的邻居。

车站的地形并不像上方的广场,它跌宕起伏,通道由台阶衔接着,在弯转之中忽上忽下。外乡人,像蚂蚁背负着行囊,手上捏着一本小书般的交通图册,目光不断在搜寻,脚步放慢又骤然地加快;而巴黎的人潮近于匀速地流动,掠过他们的身边,有时候,整条通道无比空荡,只留有一两座礁石般的剪影。

我曾经是那样的礁石,耽搁在那儿,一点也不好笑。从我的身体里升起抗拒的愿望,关于一个人必须按照无限可分的法则,做出一次又一次相应的选择,唯有如此他才能够到达一座站台,被载向目的地。夏特勒就是这座世界结构的图腾,就是驯兽场。

---

1 夏特勒(Châtelet),全巴黎最大的地铁中转站。

邂逅

　　当我徘徊之际,她主动地走近,冒雨领我到一处街角,指出那个正确的地铁进口。在短暂如一个烟圈的途中,她说起自己去过香港。

　　她远去,而我在这一刻重新认识自己——我是一座古旧豪宅的庶出子弟,生在宗族的重门之外,从没有真正地回到过那地方,一切都是传闻、怨恨、雾霭、碎片瓦砾,我负气磨灭自己血液里的优雅气息,有意以鲁莽而蔑视的目光看待全世界。在巴黎这座堪与我祖先的宅第相媲美的地方(它是眼前纹丝不动的实物,无法不让人动容),在一个如此友爱而妩媚的女性面前,我像一头童话里被巫婆施咒而从王子变成的野兽,会产生一种对于修养而非对于肉体的、奇特的情欲……

小城

一切只是整齐和美,
奢侈,平静和欢乐迷醉。
——夏尔·波德莱尔《邀游》

I

当我在早晨的窗前
喝着咖啡,眼前是旅馆的

大花园,鲜花盛开,
灌木丛被修剪得平整;

在一条砾石的小径旁
矗立着一尊半裸的女神,

在我周围是低低交谈的人声,
他们优雅的举止,酷似

桌上的玻璃器皿
和反光的银器。

II

老港湾里停满游艇,
松垂在桅杆上的绳索如同琴弦,

等待被绷紧、被更迅猛的风弹奏——
沿岸咖啡馆的大多数桌子还空着；

成千上万的游人，
他们将会在夏天到来。

当我沿着松林走向
海滩，经过那些别墅

和那座大公园——
寒冷而清旷的空气里

有一种空虚
不同于贫困与绝望的滋味，

很像一座铺满天鹅绒的监狱，
或者是显贵们居住的带喷泉的医院。

Ⅲ

夜深时我独自在城中闲逛，
循着乐曲声找到一家酒吧，

将自己淹没在
啤酒的金色泡沫里，

而在我沮丧的大脑深处
波德莱尔的诗句好像咒语

始终在盘旋,好像我
就是他,在航行的半途

受困于毛里求斯的港湾之夜,
听见丛林深处抽打奴隶的鞭子

就像我往昔写下的诗篇
回响在自己的面颊。

IV

是不是一个人走得太远时,
就想回头捡拾他的姓名、

家史,和破朽的摇篮?
是不是他讨厌影子的尾随

而一旦它消失,
自由就意味着虚无?

是否我已经扭曲
如一根生锈的弹簧,

彻底丧失了弹性?

是否在彻底的黑暗中

我才感觉到实存？
正如飓风与骇浪，

尖利的暗礁
和恐怖的旋涡，

反倒带给水手将一生
稳稳地揣入怀中的感受。

V

我的记忆沉重，转瞬间
就能使嘴唇变成泥土，

我的爱粘滞，像一条
割不断的脐带——

我的欢乐是悬崖上易朽的绳栏，
我的风景是一个古老的深渊。

难眠于这子夜的旅馆，
推开窗户吮吸着

冰冷的海风，我渴望归期
一如当初渴望启程，

我们的一生
就是桃花源和它的敌人。

鲁滨逊

我叫鲁滨逊,你知道的,
从小就被这么叫着,
小伙伴们拿着连环画和我的脸对照,
他们说,像。于是我就是了。
我高兴被这么叫,因为他是一个英雄,
独自地在荒岛上耽留多年,
没有校长管他,更不用交作业。
现在我坐在这张椅子里,
有一座大房子,
能够望见凯旋门。
我等着护士来输液、喂我一点东西、
赞赏我的气色和巴黎的气候一样在好转。
谢谢你,天使。每当我用完
她属于这里的两小时,我就会这么说;
然后看着她在盥洗室的镜子前补完妆,
又和所有补完妆的女人一样仔细地抿一抿嘴唇,
自沙发上拿起她的包,
且不忘记在走出时扭头给我一个微笑。
我低着头听她的脚步声,停在电梯口,
我听电梯嗡嗡地从上面驶来,
和输液管一般,然后她进去了
像一滴晶莹的药液,滴着,
滴到底,谢谢你,天使,我又说了一遍。

我又说了一遍,然后

昏睡过去，也不知道睡了多长时间，
也许是几分钟，也许是一两天，也许是
到她下一次来的时候，每周她会来
两次。
通常我不自己醒来，
有一些朋友会来看我，
一些推销员，好像酒店里负责叫醒服务的人
殷勤而固执地等在门边。
而保险公司的人也会来，一年来两次，
有时候我想这就够了。
我一点也不担心……
我想养一头在一篇小说里我读到的
貘，它会吃噩梦。我还想养
在一个南美人的随笔里
出现的"无"，据说它始终站在你身后，
无论你怎样地转你的身体。

从前我画画，一直到
我离开中国。
在飞往旧金山的飞机上，我想
从此我就要画得更好了，
而太平洋就是见证人。不幸的是
我再也没有画过一幅画。

手。一块白胶布压在针尖上，
我感觉到刺痛时
一定是血从血管流往输液管，

我珍惜这刺痛,生命还在的感觉,
现在我只有上半身。
我好奇地望着血会怎么做,
它先是染红那个用以调试输液速度的
小塑料包,
然后像一个作战图上的红箭头往上,
喷向倒挂在那个顶端的
大药液瓶中,
小花一样在水中绽开,
或者像章鱼施放的烟雾,
原子弹爆炸。
我被自己的能量迷住了,
很高兴还能动,还能欺骗自己说,
我终于画了一幅画,以一种另外的方式。
于是我花了半天的时间
抬起了双臂,完成一次欢呼。

巴黎比美国好,除了汽车
还有别的。在这里
会有一些飞来飞去的人停留,
瞻仰这座城市和我;为此
我在门边挂了一块黑板,
请他们写下自己的名字,
这些年轻的人,
这些很好说话的人,
这些礼拜五,
他们也就写下自己的名字,

如同进入了一段他们并不了解的历史,
一段史前史,一段被覆盖
却因为我还没有死去所以还存在的
历史——
他们恭敬地看着我,那意思说,
写完了以后有什么可干的?
我就朝他们笑,我就装傻,
给他们看他们想看到的
一个昔日大师的
沉默的样子。

其实我什么也不是,
连想尝一口自己的屎和尿都不行;
我已经不在一座天平的任何一边了,
太多崭新的、重大的砝码
成群地出现
我已经是一个计算旧时光的漏壶里
残剩的沙,
已经是"无"的影子,
它的奴仆。是它
住在这座豪华的大房子里,
且是它使用着车祸的保险赔偿金,
谢谢你,美国
付账时有一副慷慨的派头。
不服气也不行。当然我更喜欢住在
巴黎,
是的,毕竟这里还有别的——哦,想起来了,是的,我什么都想起来了。
我不叫鲁滨逊,我有自己的名字。
我也不曾在太平洋的岛屿上
生活过,我从来就不是一个欧洲人、
美国人,也不是被拯救的土著,
不,我更喜欢伙伴们
叫我行者,
孙行者的行者和行者武松的行者,
虽然我已经无法再行走了,
虽然我已经走到了头。
我将死在这张柯布西耶设计的椅子上,
低着头死去,虽然
他们传过话来,
我可以回家。

III
《故事》
(2011)

爬墙虎

她是疯狂的，柔软的手掌
已经蜕变成虎爪和吸盘，
从最初的一跃开始，覆盖，
层层叠叠，吞没整面墙，缝合
整个屋子，黯淡下全部光线；
从不退缩，即使步入了虚空
也会变成一队螺旋形的盾牌；
即使入冬后枝叶全部枯萎，仍然
用缝纫线被抽走后留下的成串针孔
镶嵌自己的身形；她有僵持的决心，
被粉碎的快感，和春天到来时
那一份膨胀的自我犒劳，如同
在沙盘里插上密密的小旗，
如同蜂拥的浪尖以为扎破了礁岩；
她是绝望的，无法进入到屋中，
但她至少遮蔽了外面的一切，
年复一年，她是真的在爱着。

石窟

落日无法追赶,
我们到达时天已经暗去。
地轴吱嘎的转动声响彻在两岸之间,
整条河好像被埋进幽深的洞穴,
只能隔着悬浮的地平线倾听。

旅馆在山顶——
一条曾经萦回在白居易暮年的山道,
积满了无法再回到枝头的落叶;
在旅馆的登记簿上,
我们的一生被判决为外乡人。

眺望对岸的旧栏杆也在山顶;
能看见什么?泼墨的长卷不留星点的空白,
风如挽联般飘卷,唯有越织越厚的雾
从高空垂落,可以切割成枕头、床和被单,
充填在空荡如我们头脑般的房间。

黑鸟的翅膀惊起在檐头,犬吠
来自山脚的村庄;尽管关上了窗户,
仍然能够听见低吼的潮水
一浪接着一浪,就像靠岸的独木筏
催促着我们立刻出发——

今夜我们不过河,

临睡前我们仍旧打开电视，
像灯蛾依偎在冰冷、颤动的荧光，
我们宁愿石窟继续风化在对岸的夜幕深处，
一如整个历史都安睡在大自然的陵寝里。

河流标明一条心理的界线，
我们害怕地狱般的血腥和腐朽一起复活，
自己像棋盘上的卒子再无回返的机会——
却又在梦中端起微弱的烛台，走上石阶，
去瞻详遥远的黄金时代。

寄北

我梦见一街之隔有家洗衣店,
成群的洗衣机发出一阵阵低吼。
透过形同潜望镜的玻璃圆孔,
能看见不洁的衣物在经受酷刑,
它们被吸入机筒腹部的漩涡,
被吞噬、缠绕,来回翻滚于急流,
然后藻草般软垂,长长的纤维
在涌来的清水里漂浮,逐渐透明;
有一股异样的温暖从内部烘烤,
直到它皱缩如婴儿,在梦中蜷伏。
那里,我脱下那沾满灰尘的外套后
赤裸着,被投放到另一场荡涤,
亲吻和欢爱,如同一簇长满
现实的尖刺并且携带风疹的荨麻
跳动在火焰之中;我们消耗着
空气,并且只要有空气就足够了。
每一次,你就是那洗濯我的火苗,
而我就是那件传说中的火浣衫。

海岛

有生孰不在岛者?
——苏轼

放逐,这就是对权力说真话的结果,
但也不必过于美化他,将他的政治头脑
看得和他的诗人头脑一样发达,
给他一个国家,他终究不脱独裁的窠臼。

现在他已抵达了这个国家的南极,
或者是抵达了若干个世纪之后的今天
一个诗人的位置:被彻底地边缘化,
好像黄昏时空荡的海滨浴场上

被遗留在桌上的收音机。大陆
像收起了吊桥的城市远在海的另一边,
群山般环抱的潮水,退去如雪崩般
无情,只留下泡沫、珊瑚和成堆的垃圾。

他栽种竹子如同戍边的将士带来了
情人的青丝,在米酒中酿造江南,
他读陶渊明,在这里读就像有
一架天文望远镜猛然将猎户星推入心扉。

小路在村外连接起荒寂,贫乏,瘴疠。
酷热,足以烧熔棚顶和心智。

唯有月亮感恩于他不朽的赞颂，
频频来访，在长夜里治疗他的失忆。

噢，他必须收起鲁滨逊的傲慢，
在异化的环境里重新定调。
他必须振作精神，不扮演文明的遗老，
不做词语的幽灵，不卖弄苦难，

而只是澄清生命的原址——
以它为一种比例尺，重新丈量大陆，
绘下新的世界地图，或者
像沙鸥一无所负，自在地滑翔。

内陆

夜晚如此荒凉,要用十几座村镇的灯火
才能照亮一幅眼前的地图。这里,
炉灶是寂寞的,炊烟仅仅升起一种尊严。
干涸的大河里流动着沙,就像
一千种方言述说单调和停滞——
当我攥住地图的一角,远处的大都市
就像从松开了绳子的手中飘散到海边的
大串气球,眼前这些古老的地名
要求我认领,说它们属于我,
早在我出生之前,血液中就涌动着它们的回声——
它们来自同一个被遣散的家园,
穿过落日的针孔,遍野而来,
要求我成为一座收容所,一只未来的漂流瓶。

江南共和国
——柳如是墓前

Ⅰ

裁缝送来了那件朱红色的大氅,
它有雪白的羊毛翻领,帽商
送来了皮质斗笠,鞋店送来长筒靴。
门外,一匹纯黑的马备好了鞍——

我盛装,端坐在镜中,就像
即将登台的花旦,我饰演昭君,
那个出塞的人质,那个在政治的交媾里
为国家赢得喘息机会的新娘。

已是初夏,冰雪埋放在地窖中,
在往年,槐花也已经酿成了蜜。
此刻城中寂寂地,所有的城门紧闭,
只听见江潮在涌动中播放对岸的马蹄。

我盛装,将自己打扮成一个典故,
将美色搅拌进寓言,我要穿越全城,
我要走上城墙,我要打马于最前沿的江滩,
为了去激发涣散的军心。

II

我爱看那些年轻的军士们
长着绒毛的嘴唇,他们的眼神
羞怯而直白,吞咽的欲望
沿着粗大的喉结滚动,令胸膛充血,

他们远胜过我身边那些遗老,
那些乔装成高士的怨妇,
捻着天道的人质计算着个人的得失,
在大敌面前,如同在床上很快就败下阵来。

哦,我是压抑的
如同在垂老的典狱长怀抱里
长久得不到满足的妻子,借故走进
监狱的围墙内,到犯人们贪婪的目光里攫获快感,

而在我内心的深处还有
一层不敢明言的晦暗幻象
就像布伦城的妇女们期待破城的日子,
哦,腐朽糜烂的生活,它需要外部而来的重重一戳。

III

薄暮我回家,在剔亮的灯芯下,
我以那些纤微巧妙的词语,
就像以建筑物的倒影在水上

重建一座文明的七宝楼台，

再一次，骄傲和宁静
荡漾在内心，我相信
有一种深邃无法被征服，它就像
一种阴道，反过来吞噬最为强悍的男人。

我相信每一次重创、每一次打击
都是过境的飓风，然后
还将是一枝桃花摇曳在晴朗的半空，
潭水倒映苍天，琵琶声传自深巷。

乍暖还寒

一夜间山岭又白了头。
坍塌在郊外古道边的亭子
意味着即使在两三个知己之间
也不再有相宜的小气候了。

才吐出新芽的柳丝
重新被裹上封蜡,
梅花捻灭了灯芯,
鱼在湖中游成了化石——

风筝绕缠在老树的卷轴上,
生活,还是那张旧底片……
我们从衣橱里翻寻出冬装,
如同假释的犯人重新领回囚服;

我们就像渐成人形的陶土,
在炉窑冷去的灰烬里烧到一半。
这究竟是一部怎样的历法——
规定了我们的一生总在乍暖还寒之间?

旧上海
　　——给 S.T.

狂欢节，我们的青春赶上了末班车。
海关大楼的钟已经更换机芯，
它的指针转动整个城市。晨雾里
汽笛齐鸣，佝偻的外滩已经卸掉刑枷，
伸直的爱奥尼亚柱在水中重现殖民时代的倒影。
别错过观看八点以前大街上的人潮，
飞奔的亿万蚁足抬走一个谎言。每一天
都是新的，都是万花筒里的七彩图形，
你站着而奇遇在涌向你。噢，太多的盲点
就像老石库门里暗湿的、布满窟窿的窗，
在移去了阴霾的日子里排队等待曝光。

两座大学之间隔着一座铁路桥，你读文学
而我读法律，无论我们在学习什么，
都是在学习呼吸自由。当一部
未竟的忏悔录躺在医院里接受瞻仰，
一座地下图书馆在迅速扩大：尼采，弗洛伊德，
萨特和亲爱的提奥……那时全城的精英们
能够孵化有血有肉的蛋，补丁和假领
映衬着灵魂，诗歌是高尚或卑鄙的通行证，
通往友谊和梦想，也通往自我分裂、垃圾堆、
和权力通奸的床，直到最后的夏天来临。

一场精神的狂欢猝然地中断，

我们收拾行李，感觉它比来时更轻，
就像摁在食指下的一声轻嘘；当
推土机铲平了记忆的地平线，当生活的
航线再也难以交叉，当我们的姑娘们
早已经成为母亲，当上海已经变成纽约，
二十年间我越来越少地到来，每一次
都几乎认不出它——我们怎能料到
你每夜都潜回那隐埋的雷区，来擦拭
遗像的镜框，来挥舞堂吉诃德的长矛？

你入炼狱，将我们全部禁锢在外边。

先驱

他们当中有一个
尽管坐在轮椅上,仍然爱咆哮,
相信自己的每句话都是真理,
相信他远在异国的公寓房
有一天仍然会成为作战指挥部,
而更多的人厌倦了在芦苇荡里
不停地躲避缉私船那强烈光束的射击,
他们想要回到大街上,回到
褪色的地图上重点一盏日常的灯,
他们回来了,在一把旧伞中
撑开童年的天空,在深夜的广场上
候鸟般啜吸记忆的水洼……
哦,缺席得太久,而舞台
已经旋转到另一边,就像冷漠的车流
悬置起天桥上的卖艺人,当
你的眼神因为没有人能从你的脸上
记起昔日的世界而变得阴郁,
当你的指控不过是喃喃自语,伴随着
空旷的楼道中某处水管的滴答声,
当敌人在时光中变得隐形,
难以从正面再遭遇——
你必须忍受遗忘如同退休者
坐在公园的长椅上凝视枯叶的飞旋,
当梦想的奖章迟迟不颁发,
当荣誉的纪念碑注定在你生前建不成,
哦,先驱,别变节在永恒之前最后的几秒。

隐形人
——悼张枣

I

一个延长的冬天,
雪在三月仍然飘落,枝头
没有叶子但候鸟们如期归来,
履行了一场伟大的穿越;在图宾根,
你的出发地,卸下了翅膀的你
被卷进死亡的床单,永不再飞还。

很久以前你就是一个隐形人,
诗代替你翱翔,投影在我们中间,
被追踪,被传诵;早于
那狂欢的年代被碾成碎末,
也早于我踉跄地写下第一行诗,你
就已远走他乡。黑森林边一座偏僻的巢穴,

航摄图上蠕动的小黑点,匿名的漂流物;
那里,经历了航线最初的震撼,
你像通红的烙铁掉进冬日的奈卡河……
随一阵嘶响消散在涟漪的,不止是
那团貔狖般挥舞禁锢之爪的浓烟,还有
沸腾的青春,遍野为美充血的耳朵——

琴弦得不到友谊的调校、家园的回声,
演奏,就是一个招魂的动作,

焦灼如走出冥府的俄耳甫斯,不能确证
在他背后真爱是否紧紧跟随？那里,
自由的救济金无法兑换每天的面包,
假释的大门外,兀立 K 和他的成排城堡。

哦,双重虚空的测绘员；往往
静雪覆夜,你和窗玻璃上的自己对饮,
求醉之躯像一架渐渐瘫软的天平,
倦于冉称量每一个词语的轻重,
任凭了它们羽翎般飘零,隐没在
利希滕斯坦山打字机吐出的宽如地平线的白纸。

II

我第一次见你是在上海。在
逼仄的电梯间你发胖的身体更显臃肿,
全无传闻中的美男子踪影,然后,
在酒吧里你卖弄一种纸牌的小魔术,
好像它能够为你赎回形象的神奇——
我惊讶于你的孩子气,膨胀的甜蜜,

但有一个坚硬的核；我惊讶于
你入睡后如同渣土车般吵醒着街道的
鼾声,它如同你说过的"坏韵",
困难地转换在你呼吸的两种空气——
与其说德语是冰,汉语是炭,不如说
现在是冰,过去是炭,相煎于你的肺腑。

中国在变！我们全都在惨烈的迁徙中
视回忆为退化，视怀旧为绝症，
我们蜥蜴般仓促地爬行，恐惧着掉队，
只为所过之处尽皆裂为深渊……而
你敛翅于欧洲那静滞的屋檐，梦着
万古愁，错失了这部离乱的史诗。

你归来，像夜巡时走错了纬度的更夫，
像白日梦里的狄奥根尼，打着灯笼，
苦苦地寻觅……空气中不再有
言说的芬芳，钟子期们的听力已经涣散，
欢笑如多年前荒郊燃放的一场烟火；
只有你固执地铺展上一个年代的地图，

直到闪现的匕首让你成为自己的刺客，
心碎于乌有，于是归来变成了再次隐形，
落脚于一根教鞭，一张酒桌，
一座自造的文字狱；宁愿失声，
在喧哗的背面崩断琴弦，
不愿盘桓修辞的政坛，饶舌的舞台。

今夜，抽取书架上你那薄薄的一册，
掩卷后看见一颗彗星拖拽开屏的尾巴，
下方，两座大陆的笼子敞开——
一如诗人惯来是死后的神话，
类人猿中的鸟科，无地的君王；
或许你从来就没有真正地着陆。

蝴蝶泉

这地名在一首流传甚广的民歌里出现过。有一年夏天，我在昆明一位女士的陪伴下，怀着对蝴蝶的想象和热情，沿那里的山径而行。巨大的榕树，幽清的泉流，但没有发现蝴蝶；直到我们穿越一大片人工整饰过的风景区，才看见那种小小的、白色的粉蝶在草坪上翻飞，它们是蝴蝶的家族里最寻常的一类，不过，也很迷人。

蝴蝶们都跑到哪里去了？后来，我们走进了一座昏暗的、恍然已多年无人光顾的蝴蝶博物馆里，那里的墙上挂满了蝴蝶，种类有数十种，数量却有几万只甚至更多，每一种类都被不厌其烦地重复，好像罐头里的沙丁鱼密密麻麻地排列，好像土豆堆积着。我们感到气闷，逃跑般地离开了。

山坡上，当地人向我们兜售着他们自己制作的、镶好了镜框的标本，其中有一些罕见的品种，是从海拔更高的山林中捕捉到的。我们跟随其中一位来到某座工场，那是一家废弃的工厂库房所在。他的合伙人正在空旷的房子里制作标本，膝盖上摊放着一堆东西，针筒、剪子、镊子、刷子和别的什么，空气里充满了福尔马林的气味，我的眼睛被刺激得流出了泪水。我们绕到这房子的背后去，那是一大块水门汀空地，地上摊放着无数张旧报纸，每张报纸上都挤满了死去的蝴蝶，它们体内的液质已被抽空，经过防腐处理后，放在这里等待晾干。

四周沉寂之极，空气中没有任何会动的东西，绿色的山体似乎在恐怖中凝固，在我的一生中从来没有见过这么多的蝴蝶，然而，这恰好也意味着我从来也没有见过这么多的尸体。

拉萨路

这世界已经没有任何新奇之处。
——刘立杆

这条路以一个漫长的斜坡
述说你的过去,除了几道坑洼
和一处被圈起后正在浚通的窨井,
你几乎没有障碍地滑行到今天……
三十七岁,你猛然地刹车,
抛脱了正常的全部辎重,

来寻找一脚踩空的感觉——
在斜坡旁那条静脉曲张的巷子中,
在脏盘子般摞叠在一起的旧公寓楼的
底层小院里,生活仿佛从零开始:
稀少的家具和床边歪倒的空酒瓶,
重现了一个单身汉的家。不变的是

白天你上班,夜晚你被一场多年
尚未散去的文学聚会预订,它曾经
鼎沸在你的青春期,如今,依旧
辗转在几个老酒吧和那些熟悉的、
但不断流失的面孔之间,作为补偿
新一代的姑娘们加入到圆桌旁边,

来朝圣,来接管精神疲软的后半夜:

那些年轻、滚烫的躯体在床上重新出场，
骄傲地、不留缝隙地将你掩埋，然后
就像那只时常到窗外的枇杷树下蜷伏的
野猫般蜷伏在你的孤独之上，想要
确认这里就是她们未来的窝——

于是你感觉自己刚赎回的自由
又像积雪被泼出去的残茶化开了
一个越来越深的脓口，一个洞
重新显露恶性循环的深渊……于是
你会突然发作，发疯般地驱逐，
而一旦赶走这些温暖的聒噪就只剩下

嘤嘤的哭泣声传自那一墙之隔的
医院停尸房，咳嗽声传自邻屋
那个苦捱着最后时光的老鳏夫，每周
一次会有高跟鞋的叩问传自来照看
并且等着继承他房产的侄女——就在
你想逃避空洞、平庸、琐碎的这里，

生活的阴沉却蓦然地放大，
数倍窒闷于你处在婚姻和家庭之际，
并且更加逃无可逃，退无可退，
那个拂晓时仍醒在床上的你和鳏夫和停尸房
连成了一个时空中仅剩的几个站台，
从这时候起信念已滑下斜坡之巅，

路面布满伤感的倒刺,而
这种撕下面纱的新生活正如
"拉萨"这个地名意味着远方和神迹
而拉萨路如同死蜈蚣般僵卧在城区的旧地图;
当那只猫带着它全部的幼崽在寒冬里
站在布满尖玻璃片的墙头向你发出呼叫,

你想要向它伸出援手,却
无法克服自幼年起就对所有
毛茸茸的动物怀有的恐惧,是的
你向我们展示每个人活在命运给他的故事
和他想要给自己的故事之间的落差,
这落差才是真正的故事,此外都是俗套……

后院
　　——赠李青

　　通常会有一把断柄的扫帚,一把褪色的油纸伞,几只空瘪的油漆桶,铅丝圈;也会有大家伙,譬如梳妆台或木橱之类的老家具,橱门用胶布粘着,镜面已经破碎了,抽屉把手上缠着尼龙绳。在蒙上泥垢的露天自来水池里,堆积着成捆的旧杂志和报纸。

　　去岁的枯叶仍然粘在石板上,好像一堆被踩碎的飞蛾翅膀。爬山虎就要淹没厨房的窗口。在这里,藤蔓和野草通常会长得很茂盛,春夏时分,野花甚至会长进一只歪倒在地上的土黄色陶罐里。如果一棵有姿态的树开始蓬乱起来,恍若野生,也许是意味着,这家中最近有一个老人去世了。

　　这就是后院,一个处在记忆和遗忘之间的地带,一个使情感得以回旋的余地。负债的良心学会了以分期付款的方式来减轻自身的压力——我们会将那些失去了用处、又难以丢弃的东西存放在这里,直到它们风化、腐烂,自行消解,被雨水冲洗,为泥土接收。总之,我们自己的目光很少到达这里,而它本身常年处于阴影之中,只在午后的一个短促时段里,阳光会掠过,好像一位母亲来到孤儿院的栅栏边,默默地伫望着,然后转身离去。

好天气

天气好极了，
绿色的欢呼从张开的树枝间涌出，
在天空变成了蓝缎带和白云；
清洁工打扫着马路，
冬青丛中的鸟儿，羽毛比彩绘邮票还鲜艳。
每件事物都是它们应该是的样子，
清晰、夺目，闪动着光亮的尊严，
甚至大楼侧面的一道污渍，
甚至围拢在垃圾袋口的苍蝇……
仿佛都来自永恒的笔触。天气
好极了，这就像东欧的那些小国
从极权中醒来的第二天早晨，
长夜已经过去，不再有宵禁，
不再有逃亡，不再有镇压……
日子像摇篮，像秋千，在乡间小院的
浓荫下发出甜蜜的召唤；远方，
流亡者想要回家，就像约会的路上
歌在喉头发痒。可是，阴郁如
马内阿[1]，踌躇于归与不归之间，
他预感到自己的所见将比往日更惊心……
是的，还会有坏天气，还会有
漫长的危机，漫长的破坏；痛苦
很少有人愿意继承，将它转化为财富。

---

1 诺曼·马内阿（Norman Manea），罗马尼亚作家。

恶，变得更狡诈，无形的战争才刚刚开始，
焚毁的旗帜依然飘扬在思想中，行动中，
胜利者自己却浑然不觉……
至于我们，尚且在时差格栅的远端排队，
就像蜗牛背负着重壳并且擎住一根天线般的触角，
我们只不过是好天气观光客，触角
偶尔会伸出大气层的窟窿。

圣索沃诺岛小夜曲

六月是一道永远会发炎的伤口,
即使远在威尼斯,我也能
嗅到那份暴力的腥臭
尾随着海风涌来;在记忆的禁忌中
沉默得太久,我们已经变成
自我监禁的铁门上咬紧铜环的兽首——

这里,环行的碧波
一遍遍冲刷我们心底的暗礁
和舌苔上的锈;对岸,军械库
静静地陈列艺术品,刚朵拉
像一架架秋千满载甜蜜的梦境,
从昼摆向夜,从夜摆到昼。

圣马可广场以一只悦耳的水罐
不断地往杯中倾倒歌声,夜深后
仍然有小酒吧像塞壬的裙褶间
滚落的珍珠,让旅客动心于捡拾……
水的藤条和光的缎带编扎的摇篮城,
晃动着,哼唱着,溶解着乡愁。

迷失在深巷中我嗅出一个不忠的自己,
想要就此隐遁到某扇窗的背后……
当火山已沉寂,空气中不再有怒吼,
难道阳台上的一盆花,客厅里的扶手椅,

天光板上波光造就的湿壁画,
不就是我们还能拥有的全部的家?

告诉我,经历了重创之后
揉皱的心能否重新舒展为帆?
为什么我醉倒在海天一色之中,眼眶里
却滚动着一场未完成的哭泣?
头枕层迭的涛声,大教堂的尖顶
就像一座风中的烛台伴我守灵到天明。

小镇，1984

那些日子比现在真实。
晚饭之后，电影院像一盏煤油灯
捻亮在空荡如桌面的小镇上，
讲故事的祖父已经去世，
和我们的童年一起埋在了乡村；
我们将手插在裤兜里寻找新的快乐，
溜冰，看电影，游荡在老街上，
用口哨吹奏着一支《流浪者之歌》。

那些日子里微风掀动旧屋顶
就像要吹掉退伍老兵的黄军帽，
他肋骨处的伤疤与贫穷一样
不再可炫耀。父母们脸上的阴霾
被春光冲淡，可他们仍然习惯
低低地说话，虔诚地读报。
而我们在课堂上打盹，或者偷看
抽屉里摊开的杂志，传抄流行歌词。

夏天的火烧云点燃河流，荒丘
和槐树上的枯藤；稻田的蛙鸣
深夜闯过薄墙来和我们梦里的未来
激烈地争吵。那老得已经将眼睛
藏进皱纹里的老太太踩高跷般
到裁缝铺监制她的寿衣，桂花
开了又落，过路大卡车在风中

留下的汽油味，比任何气息更醉心。

老镜框里，披衣坐在贝加尔湖边的
列宁读什么？我读墙上的污渍，
武侠书，《天方夜谭》和俄罗斯小说
（怎么也记不住那些人物拗口的姓氏）；
没有秘密读物，这里寒冬比城市更漫长——
即将为我热爱的诗歌，或许早已经写出，
或许正在诞生，它们就像星光
穿越大气层，还要过一些日子才到达。

七岁（选二）

喇叭

酷暑还未销尽，老槐树的叶子
卷刃在日光下；在母亲的臂弯里
我闭上眼睛，假装在沉睡，
手掌里悄悄转动着心爱的玻璃球——

我厌恶午睡这昏庸的家庭制度，
外边，知了在低俯的树枝上唱着歌，
蝌蚪在水中孵化，从田野的尽头
传来大轮船驶过运河时鸣响的汽笛。

突然，得救了！一阵嘶嘶的电流
蛇行于村庄那没入草丛的沉寂，大人们
惺忪着睡眼，脚底拖动着无形的镣铐，
从屋中走出，聚到了那根电线杆下，

强光刺目，大喇叭高高地悬挂
就像电影里岗楼哨卫发亮的头盔
在俯瞰整座监狱，天空的湛蓝反衬着
一个停摆的刑期，男低音宣告领袖之死。

这消息像泥瓦匠的刮刀
瞬间抹平了所有人脸上的表情，然后，
伴随着哀乐声他们围成一面土墙，

低垂的头颈就像向日葵折断的茎秆。

而我狂喜于母亲的手不再将我攥紧,
玻璃球可以沿着泥泞欢快地蹦跳,
绕过水塘、稻草堆和打麦场,
一直滚动到村外的小树林——

这里,喇叭声之间交叉扫射的死角,
静得能听见鸟翅的扑动,低矮的灌木丛
骨节在发育的劈啪声,能听见旷野里
牛的哞鸣撕破灵堂般的死寂;透过

林边那窗栅般的枝条,我眺望
绵延的野草吞没了祖辈们的小路,
那弯垂中蜿蜒向天际的河流
如同空白的五线谱,等待着新的填写。

我并不知道从那时候开始,自己的脚步
已经悄悄迈向了成年之后的自我放逐,
迈向那注定要一生持续的流亡——为了
避免像人质,像幽灵,被重新召唤回喇叭下。

故事
　　——献给我的祖父

I

老了，老如一条反扣在岸上的船，
船舱中蓄满风浪的回声；
老如这条街上最老的房屋，
窗户里一片无人能窥透的黑暗。

大部分时光他沉睡在破藤椅上，
鼾声就像厨房里拉个不停的风箱，
偶尔你看见他困难地抬起手臂，
试图驱赶一只粘在鼻尖上的苍蝇。

但是当夜晚来临，煤油灯
被捻亮在灰黑的玻璃罩深处，
他那份苍老就变成了从磨刀石上
冲走的、带铁锈味的污水——

II

他开始为我们讲故事了。
沙哑的嗓音就像涨潮的大河，
越过哮喘症的暗礁和废弃的码头，

越过雾中的峡谷直奔古代的疆场。

沿途有紧握耕犁的勇士,即使
在睡梦中也圆睁双眼,听见潮起
如同听见号角的长鸣,立即
就投入到一场永恒的搏斗。

刀剑的每次相交和战马的每次嘶叫,
注定在我的脑海里激起骇浪,
而低垂于秋风的帐篷里,
女人眼中的溪流,濡湿我的脸。

Ⅲ

那些比他还要年老的故事,
那些他很小的时候从很老的人
那里听来的故事,以及
每次远行中寻觅到的故事,就是

他赤贫的一生攒下的全部金币,
存放在他的大脑中,
从没有弄丢过,在每个夜晚
都会发出悦耳的碰撞。

Ⅳ

如今他已经长眠于地下,

盛殓他骨灰的那只黑胡桃木盒子
已经像一只收音机连同电波
消逝在泥土的深处。如今

那些故事裹上一层硬封套，
就像标本，完整而精美，排列在书架上；
我偶然地逗留，吹掸去灰尘，
在其中默默地浏览，寻觅，

但是我深知，不再有
真正的故事和讲故事的人了，
夜晚如此漫长，空如填不满的深渊，
熄灯之后，心中也不再升起亮若晨星的悬念。

Ⅳ
《五大道的冬天》
（2017）

佛罗伦萨

匆忙的一天。被迷路耽误了
行程。研究着地图而忘记
我们已经置身那些阴郁迷人的
街道和建筑,可以无知地漫游在
它突然被恢复的匿名状态。

或许这也是佛罗伦萨自身所渴望的,
否则它不会频繁地设定闭馆日
而将游客留在台阶上,广场上;
它用雄伟的大理石墙保护一种静穆,
在关闭的教堂内部,分泌空。

每个地方都可以对应某种人的形象,
佛罗伦萨让我想到一个老妇人,
她站在沉重的深紫色窗幔背后
向外看,嘴角挂着冷嘲,客厅里
挂着一小幅从未公开过的波提切利。

我戚然于这种自矜,每当外族人
赞美我们古代的艺术却不忘监督
今天的中国人只应写政治的诗——
在他们的想象中,除了流血
我们不配像从前的艺术家追随美,

也不配有日常的沉醉与抒情;

在道德剧烈的痉挛中，在历史
那无尽的褶皱里，隔绝了
一个生命对自己的触摸，沦为
苦难的注脚，非人的殖民地。

所以我宁愿佛罗伦萨是敞亮的，
浅平的，如同露天咖啡馆的碟子，
那前来送甜点的女服务员因为意识到
我们注意着她的裙子而放缓了动作，
像一个蓬松的、熟透的贝雅特丽齐——

午后的阳光卸下了每棵树的重量，
叶子的毛细血管扩展于风，那些阴影
经过我们的额头时变成另一种逗留，
那些警卫在拱廊里自语：从任何
博物馆的窗口向外看，总是美丽的。

古城
——赠洪磊

老如你的叔叔就可以解脱,
就可以端着茶壶躺在檐下的藤椅,
可以背负双手悠然地望天,
哼着小曲,踏着碎石板路而行。

而你始终有一种不满足,
从积下数年灰尘、如今
再次被拭净的这扇窗望出去,
你望见小城是一艘拴牢在缆桩上的船——

它周边的丘陵是彻底凝固了
起伏的波浪,它的码头
像工业的弃妇,输给了铁路。
它的人群是船身上幽深的青苔。

浪迹在遥远的大都市你厌倦
时针的疯转,利益的桅杆相互倾轧;
这里,你惊骇于日常的虚无,
晴空下尚未枯败的芭蕉无端的折裂。

未来折叠在《推背图》的某一页。
你唯一的消遣变成了
轻风绕面的午后
和几个徐娘相约于往事。

路过

昨夜并未喝酒,醒来
却带着宿醉——在旅馆
罩上蒸汽的镜子前,我怔忡地
倾听城区的车流。这里
我认识一位朋友,抛开了天赋
忙于捕捉廉价的赞美;一个
古典文学教授,爱自己的文字胜过
爱他人;一个音乐学院毕业的女孩,
丢失了爱情却爱上这个地方,
她有三份工作和少得可怜的睡眠,
——比这些更悲伤,是
几代人的激情转眼已耗尽,每个人
匆匆地走着,诅咒着,抱怨着,
冥冥中像无数把生锈的剑粘在一起——
这个平常的春日,他们当中有谁
能察觉我带有苛责的思念?
就让他们保持过去的时光中最好的样子吧。
就让我路过而不拜访,继续孤单的旅程——
嗓子干渴,舌头被烙铁灼伤,
想说的话盘旋在昏沉的大脑里,如此难产,
为此需要年复一年地默祷,
反复地拥抱阵雨,风景,岔路。
我脆弱如树影,在路面的水洼里
感受着被车轮碾过的疼痛;
我冷,因为对面没有光,
人们相见时,都是捻暗的灯笼。

月亮上的新泽西
　　——致 L.Z.

这是你的树，河流，草地，
你的大房子，你的美国，
这是你在另一颗星球上的生活，
你放慢车速引我穿行在山麓间，
就像在宽银幕上播放私生活的纪录片。

大客厅的墙头挂着印象派的复制品，
地板上堆满你女儿的玩具，
白天，当丈夫去了曼哈顿，
孩子去了幼儿园，街区里静得
只剩吸尘器和割草机的交谈，
你就在跑步机上，像那列玩具火车
在它的环形跑道上，一圈又一圈地旋转……

这里我惊讶于某种异化，
并非因为你已经改换国籍
或者成为了别人的妻子，我
惊讶于你的流浪这么快就到达了终点——
我们年轻时梦想的乐土
已经被简化成一座舒适的囚笼，
并且，在厚厚的丝绒软垫上，
只要谈论起中国，你的嘴角就泛起冷嘲的微笑。

我还悲哀于你错失了一场史诗般的变迁，

一个在现实中被颠倒的时间神话:
你在这里的每一年,
是我们在故乡度过的每一天。
傍晚,我回到皇后区的小旅馆里,
将外套搭在椅背上,眼前飘过
当年那个狂野的女孩,爱
自由胜过梅里美笔下的卡门,走在
游行的队列中,就像德拉克洛瓦画中的女神。

……记忆徒留风筝的线轴,
我知道我已经无法带你回家了,
甚至连祝福也显得多余。
无人赋予使命,深夜
我梦见自己一脚跨过太平洋,
重回烈火浓烟的疆场,
填放着弓弩,继续射杀那些毒太阳。

双城记

那些滑翔在广告牌前的海鸟
也许从来就没见过广袤的陆地,
除了海,短促的地平线上看不到
别的风景;那些摩天高楼唯有
相互映照,在自己的玻璃上
将对方画成一座座陡峭的山脉,
将夜晚的车流画成一条条繁忙的运河。

每天我从旋转门汇入人潮,沿
细雨的街道一路搜寻旧日的梦境,
可是,就像透过所有大都市的橱窗——
我看见一些女人的眼睛受迪奥的刺激
而在其他的品牌前失明,我看见
灯光熄灭后那弹药库般的内心压力
仍然堆积在写字楼的每张办公桌上。

唯有出租车司机收听的老情歌
和上环那繁体字招牌林立的旧店铺,
榫接了我脑海里的另一个香港,
一个少年白日梦中的香港——
那只是几盒翻录的磁带,
几本传阅中被翻烂的色情杂志
和烟雾弥漫的房子里放映的武侠片……

我们饥饿的感官曾经贪婪地

攫取从它走私而来的这些微量元素，
并且在黑暗中以幻想的焊锡
合成一座遥远的新世界——
漫长的禁锢过后，它的方言
时髦如穿越防线的口令，甚至
整个内陆都倾斜成一艘划向尖沙咀的

偷渡船——是的，我将
内心岩浆的第一阵喷发归之于香港，
我将男孩和少妇之间永恒的时差
归之于香港……这就是为什么
我从未来过却好像旧地重游，并且
恍惚在旅馆的旋转门中，不知道被推开的
是多年之前的未来还是多年之后的过去？

地理教师

一只粘着胶带的旧地球仪
随着她的指尖慢慢转动,
她讲授维苏威火山和马里亚纳海沟,
低气压和热带雨林气候,冷暖锋

如何在太平洋上空交汇,云雨如何形成。
而她的身体向我们讲授另一种地理,
那才是我们最想知道的内容——
沿她毛衣的 V 字领入口,我们

想象自己是电影里匍匐前行的尖兵,
用一把老虎钳偷偷剪开电丝网,且
紧张于随时会亮起的探照灯,
直到下课铃如同警报声响起……

我们目送她的背影如同隔着窗玻璃
觑觎一本摊放在桌面的手抄本。
即使有厚外套和围巾严密的封堵,
我们仍能从衣褶里分辨出肉的扭摆。

童话不再能编织夜晚的梦,我们
像玻璃罐里的蝌蚪已经发育,想要游入大河——
在破船般反扣的小镇天空下,她就是
好望角,述说着落日、飞碟和时差。

读《米格尔大街》

温柔、苦涩的小书,
沿它的字里行间就可以
逛回我少年时居住的小街
甚至连人物也很雷同,
伊莱亚斯当时就住在隔壁,
埃罗尔是我的同桌,至于
布莱克·沃兹沃斯,这你们
可想不到,我们中学的政治教师,
写有黑色的、卡夫夫式的短篇,
以化名发表,他劝我:"一生
很漫长,先想办法离开这地方。"

每一个人物似乎都可以
在这条街上找到原型,
他们已被我深深地遗忘,
重逢,发生在别人的书中,
发生在翻译里,发生在异国他乡。
文学企图穷尽旅行,而
在所有的路线中我发展了
自我放逐,那多么不够,
还需要回来,一次次地回来——
确曾在某个春日或夏日的午后,
当一阵风吹动整条街的窗帘,
我看见过生活的全部色彩。

读曼德施塔姆夫人回忆录

迟到的书。假如读得更早,
我瞳孔里的钨丝就会被引爆,声带
在黑暗中变得透明,押炼狱的韵。
总是有小个子的巨人,和善于倾听他的
女性,为耳福忍耐了别的:饥饿,
恐惧或自己的一生;总是有提早退场
而在过道发生的相遇,借个火,嘲弄,
一起大笑着走向年代的背面。当心,
你的火星溅到了我的裙子上。不,
那是在众人的默认里烧出个大窟窿。
还敢再往前走吗?哪里?是要我
回去再对着克里姆林宫放一枪吗?
不,亲爱的,要学会解脱你自己,
我已无法陪在你身边,我必须留下来,
做一个现实的幽灵,铸造回音。

彩虹路上的旅馆

它有手风琴簧片式的外墙。
腼腆的旋转门,甚少旅客潮水般
涌来的景象。大堂里没有
多枝吊灯的瀑布,登记台的墙面
没有连成一排、相互驳斥的钟,
晚餐过后,小餐厅就迅速藏进阴影。

一盏路灯的眼泪滴淌在柏油里,
这最小的彩虹无人理睬地闪耀。
这里,我和一只门把手上的无数陌生人
握手,我思考如何与北方对弈,
我像前来觅食的候鸟,外面是隆冬,
风中行走等于背负整个家庭。

每个房间的形状都不重复——
可能是正方形带有辽阔的阳台,
可能狭长、幽暗如寺庙甬道,
尽头是苦修洞般的大衣橱,
也可能是一个轻佻的 L 形,
拐角供一只沙发游弋于满城灯火……

这就是被折叠在墙内的乐趣。
无须在旅行箱里捎一部厚厚的小说,
每一次入住都像在阅读博尔赫斯
或卡尔维诺,情节让位于空间的

冥想,沙盘般虚妄的年代里,
已没有值得再塑造的人物。

偶尔我也会读到亨利·米勒:
子夜,隔壁的做爱要耗尽
彼此一生的力气,凶猛,如同
新下线的车型进行撞墙实验;
读到索尔仁尼琴:通宵,女人的
抽泣声伴随婴儿响亮的啼哭。

上午总是静谧的,服务员的
小推车前来清除昨天的每一缕陈迹,
长长的楼道像一只单筒望远镜的
内壁,远端有辉煌的云团——
我像是被朝圣或远征所剩下的,
我到达面临抉择的峭壁。

如今我已经移居在这座城市,
每次从这里经过,那些窗户凝视我
以预知会遭背叛的、漠然的明净:
生活的锁链砸断,接上,砸断,
再接上;人不可能居住在彩虹中,
即使那仅仅是一条以彩虹命名的路。

我想起这是纳兰容若的城市

我想起这是纳兰容若的城市,
一个满族男人,汉语的神射手,
他离权力那么近,离爱情那么近,
但两者都不属于他——短促的一生
被大剧院豪华而凄清的包厢预订,
一旦他要越过围栏拥抱什么,
什么就失踪。哦,命定的旁观者,
罕见的男低音,数百年的沉寂需要他打破——
即便他远行到关山,也不是为了战斗,
而是为了将辽阔和苍凉
带回我们的诗歌。当他的笔尖
因为吮吸了夜晚的冰河而陷入停顿,
号角声中士兵们正从千万顶帐篷
吹灭灯盏。在灵魂那无尽的三更天,
任何地方都不是故乡。活着,仅仅是
一个醒着的梦。在寻常岁月的京城,
成排的琉璃瓦黯淡于煤灰,
旗杆被来自海上的风阵阵摇撼;
他宅邸的门对着潭水,墙内
珍藏一座江南的庭院,檐头的雨
带烟,垂下飘闪的珠帘,映现
这个字与字之间入定的僧侣,
这个从圆月开始一生的人,
永远在追问最初的、动人的一瞥。

丝缕
　　——致扬州

从地平线上伸出一只手掌
就可以托起你,盆景般的城市,
你太小,几处绿荫就能遮闭天空,
太慢,几条街只适合晚年的散步。

你的博物馆保存着冷僻的知识,
关于刺绣、玉和漆器,关于
忧伤的纵欲或快乐的劳作。
你那十年前才修建的火车站
是一座自嘲的纪念碑,当铁路
被发明,你的繁华就驶进了终点。

至少你有一半的美来自倒影——
运河,湖,雨水,唐朝的月光
以及更早的记忆。即使
闷热如八月,你也有一份
裁自历史的清凉。你像
在倒影中变得圆满的桥孔,
甚至倒影的部分才是真正的实体。

你是故乡。被任意吹送的
蒲公英在风的疏忽中着陆,
成为我的祖辈,他们忙于种植
我的根却又不安于这片土地,

像大雁，出走，回来，再出走，
再回来，至今还在族谱里排成行。

或许我将是不再回来的那一个，
更不会生前就在这里将自己安葬，
但爱着你从湿重的绿荫里升起的塔尖，
你油纸伞般撑开的亭子，你路边
那些摊贩兜售的一部气味的史诗，
还有你乡间小院的井和柳条筐。

过尽的千帆在水面划出远方的丝缕，
你缄默，是要我震慑于生命
有过如此漫长的开篇。月亮
已无法再捧离波心，但熟透的藕
被送到唇边，土腥味混合奶香，
要我确认最强大的力量莫过于藕断丝连。

啄木鸟

巴黎。深夜。巴什拉尔在一本快完成的新书里和自己谈得正欢，忽然，传来了一阵阵邻居往墙上钉钉子的声音。

上帝啊，如果你要惩罚我，就直接派我去战场打德国人吧，千万别趁我有灵感的时候，让人从背后开这样的冷枪！

好几次他都想站起身去论理，可出于知识分子的软弱，结果是颓丧地靠住扶手椅。

忍受着，忍受着……转机出现在又一声敲击：这好像是和他老家小花园里的什么联系在一起。他仔细地听，终于听清了——

"这是我的啄木鸟在我的金合欢上工作。"

一声声，一声声，更肯定了。完全就是这回事，小花园不知从什么时候启程，搬移至他的隔壁。需要很多的好心人合谋才能完成此举，或许，逝去的祖先也在冥冥之中助了一臂之力。现在他终于又可以安心写下去了。

越境
——致宋琳,1991 年

飞机在离地后还有一次起飞,
当扩音器里传来:"我们已经离境……"
心,被操纵杆猛拽——

荒莽的夜空下,长城已无法搜寻。
从前的那些伤痛都去了哪里?飞越乌兰巴托,
你看见它们就是欧亚之间隆起的板块,
冰山般层层堆积,忘川般深深蜷伏;
显示屏上,莫斯科与西伯利亚之间的距离近得像调情,
曼德施塔姆就这样被消解了。

你疲倦的头颅紧靠月球,
疲倦,但毫无睡意,
暂时关闭了历史的雷达,你在想:
真的会有一种蝾螈,存活在自携的火?
有一种生活,可以让所有的诗人不必再言说?

也许词语们同源于每个语种那背后的
寂静,而那寂静是一种声音,
授权给我们。不要被塞壬的歌唱带走,
也不要被记忆的雪崩压成殉葬品。地中海
涌上来如冷风里一口递到唇边的酒;
降落:显示屏上的海拔
是一部对流层中急速闪回的年代学:

1976，1968，1949，1840，1789……
然后，舱窗外的巴黎斜冲过来，
它拥抱流亡者的热情在你自许的漫游面前脱臼。

暝楼
　　——再悼张枣

玻璃门留有你的指纹
过道上有你的脚步声，
电梯摇晃如你喝醉的肩膀，
这幢楼有我进不去的暝色——
死，总是留下最完整
和最琐屑的：一个形象和
活过的证据。前者让赞美突然决了堤，
后者：锯子仿佛正沿墨线撤回。

对决
　　——记一场奥运会乒乓球赛

发生了什么？被弃用的词逆袭母语，
顽强的陨石重返星空，
生命，在另一种身份里释放潜能。

嗒，嗒嗒，球在桌角拍动，
一场必输无疑的比赛开始了；
过时的直线，企图撕破弧圈的网，
三十九岁的高龄，面对青春——

每一次失手，被视为必然，
每一次得分背后，回响着背叛的质询。
她的心电图真应该交给最好的精神分析师。

5:11，9:11，9:11，7:11。但是，
一种存在，重新出现在这一天的词典里，
一种离心力，燃放了螺旋形的烟火，
一个不分人神的种族，名叫西西弗斯。

被我们的转播镜头放大的记分牌背后，
她模糊成一个悄然收拾行囊的身影。

伤感的提问
　　——鲁迅，1935 年

我有过生活吗？伤感的提问
像一缕烟，凝固在咖啡馆的午后。
外面是无风、和煦的春天，邻座
几个女人娇慵的语气像浮在水盆的樱桃，
她们最适合施蛰存的胃口了，
他那支颓唐的笔，热衷于挑开
半敞的胸衣，变成撩拨乳房的羽毛。

为什么这些人都过得比我快乐？
宁愿将整个国家变成租界，用来
抵销对海上游弋的舰队的恐惧；
宁愿捐出一笔钱，将殉难者
铸成一座雕像，远远地绕道而行。
文字是他们互赠的花园，据说
捎带了对我大病一场的同情。

可以寄望的年轻人几乎被杀光了。
我的二弟在远方的琉璃厂怀古。
需要一件毛毯挡住从脚底升起的寒意，
太阳偏西了，这里有种聚光灯
从脸上移走的黑暗；我懂得
翻译是某种反抗平庸、贫乏的办法，
周边的嘈杂声，已无一丝血色。

我用过的笔名足以填满一节
火车车厢，如果他们都有手有脚，
我会劝他们告别文学旅途，
去某个小地方，做点小事情，
当一个爱讲《聊斋》的账房先生，
一个惧内的裁缝或者贪杯的箍桶匠……
只要不用蘸血的馒头，赚无药可救的钱。

街灯下，闰土忽然在眼前浮现，
他仍然看守着海边的西瓜地吗？
在月下挥动钢叉，驱赶着猹，
然后转回窝棚，捻暗马灯，
如一族的长辈，习惯了永生般的独处。
为什么一想起他，就会觉得
这么多年我始终住在自己的隔壁？

给来世的散文
——致一位友人

I

也许,中国仍然保存在外省,
那里的地平线上也已经大楼成群,
商店用扩音器兜售欧洲品牌的尾单,
旧花园的最后一块砖被孩子
攥在手中,树叶锈蚀在窨井盖上,
痰离垃圾箱的门只差半寸。

但是有一种被剥光的安宁
徘徊在裁缝铺窗前,潮湿的床单
仍然在空地上和柳絮共存,茶馆里
大铁壶的嘴冲淡了现实的霾,
新茶照例兑老故事;方言的腭
仍然发达,为过境的潮流寻根问祖。

II

梅雨为幔的窗,好过一把伞
撑开时蔍粉四散,光秃的柄
栽种进天空,往事全都失重……
这里,慢是一种胶黏剂,也是病;
你苦涩的舌苔,早已养成
一种为拖延症而道歉的习惯。

自我的羊角每扎进一小截篱笆,
后退一步就需要花费数年。
手指变得和父辈一样焦黄,
内心的火山兑换成一截截烟灰:
"语言,假如是一根柳枝,必须
栽在路边生长,否则就只剩鞭子的功能。"

Ⅲ

书架上,过时的萨特紧挨福柯,
弗洛伊德,忍受着对面的纳博科夫
随时发作的讽刺。萨义德来了,
一批吉卜林式的作家不得不逊位。
李煜的全集薄如蝶翅,绕过
沉郁的杜甫,飞入不同版本的庄子。

厌倦了从首都来的文化贩子
在讲台或酒吧里高谈最新的译著,
但总会不放心地来到书店:万一
其中有一句话是对的……尽管再没有
一本书,能让自己瞬间变回包法利夫人,
对着镜子说:"我终于有了一个情人!"

Ⅳ

周末,铁定地属于女儿,听凭她

将自己牵往另一种童年：钢琴课，
冰激凌店，过山车或演唱会；
晚餐后将她送还到前妻的别墅前，
让小手留下的余温陪伴归程，
途中，一片废弃的厂区里林立的烟囱

让你想起自己被乌托邦一再地路过，
被当作播下的火种自生自灭；冥冥中
犯下的错，就像少年时贪看
山中的棋摊，回家后发现父母不在，
兄弟已老，砍柴的斧头已烂……
该怎样相信神话中有过自己的位置？

V

仍然会有人成为本地的象征，
经历漫长的漂泊后被葬礼迎回家，
悼词不吝赞美，而且充满讹诈——
只有那盒冷却的骨灰知道
这身后追加的尊荣，从不曾
在生前给予过一缕火苗般的温暖。

意志，如果再缺一点钙，就可以
活得很自在。在偏僻的酒桌上久坐，
也会被动地成为官员和土豪的朋友。
多少史料在解禁后热衷于表态：
革命者和商人从来都走得那么近，
即使是被砍下的头颅，也需要棺材。

VI

山尖修葺一新的寺院里香火
有多么旺盛,就意味着城中的
生活有多么空虚,华灯稠过了血
但每个人心底的那杆秤漂得比浮萍还要远;
再没有一场老友的聚会,不是在
相互取暖中滑向粗鄙与势利。

一种思考的重,常令电梯多降一层,
就像书房里再添一本书,整幢公寓楼
就会垮塌。午夜,翻阅着青春期的
通信,你的眼眶里溅出这一代的泪水——
让一只烟圈里幻化的须弥座
重回地面,需要多少人作为台阶?

道别之后

道别之后,我跟随她走上楼梯,
听见钥匙在包里和她的手捉迷藏。
门开了。灯,以一个爆破音
同时叫出家具的名字,它们醒来,
以反光拥抱她,热情甚至溢出了窗。
空洞的镜子,忙于张挂她的肖像。
椅背上几件裙子,抽搐成一团,
仍然陷入未能出门的委屈。

坐在那块小地毯上,背靠着沙发,
然后前倾,将挣脱了一个吻的
下巴埋进蜷起的膝盖,松弛了,
裙边那些凌乱的情欲的褶皱
也在垂悬中平复,自己的气味
围拢于呼吸,但是在某处,
在木质猫头鹰的尖喙,在暗沉的
墙角,俨然泛起了我荷尔蒙的碎沫。

她陷入思考,墙上一幅画就开始虚焦。
扑闪的睫毛像秒针脱离了生物钟,
一缕长发沿耳垂散落到脚背,以 S 形
撩拨我此刻的全能视角——
但我不能就此伸出一只爱抚的手,
那多么像恐怖片!我站着,站成了
虚空里的一个拥抱;我数次

进入她,但并非以生理的方式。

不仅因为对我说出的那个"不"
仍然滞留在她的唇边,像一块
需要更大的耐心才能融化的冰;
还因为在我的圣经里,那个"不"
就是十字架,每一次面对抉择时,
似乎它都将我引向了一个更好的我——
只有等我再次走下楼梯,才会又
不顾一切地坠回到对她身体的情欲。

那天我被布罗茨基打击……

那天布罗茨基打击我——
这个人,死亡令他变得完整,
就像铁砧将轰响的喷泉
锻打成一株古铜色的植物,
他全部的流动有了边缘,
就连那些芜杂的枝影
也开始变得确凿、清晰,
恍若古希腊大理石上的碑铭。

传言说他傲慢如暴君,但
雄辩的空寂赠予他的文字
以我们阅读时的虔信,因为
每一行都已经成为遗嘱,伴随
喷泉关闭时那一声金丝雀般的颤音,
那湿漉漉的环形底座,就像
守护他一生的抑扬格家园——
如今他变成了潟湖躺在海边。

背
　　——致敬小津安二郎

战争中绝不可将背暴露给
对方，但在寻常的日子
这样做能帮助一个人隐藏自己。

女儿，你在厨房门边道出晚安
如同练习未来的永别，
你的泪水，提前流落到腮边。

我冷淡地回应而不转身——
我转身，正仓寺就需要
重建一次，海就会冲毁岛。

血液的契约里不必有债务。
开过的樱花，不必有仓库。
让小酒壶将我驮到山顶去喂狼吧。

蛮荒中响起你木屐声的时候，
我已经用自己的脊椎做成
墓碑，在上面刻写好"无"。

五大道的冬天

Ⅰ

观光马车复制十九世纪的节奏,
缓慢的颠簸愉悦灵魂。
小铃铛,布帘,赶车人的背,
我爱这些令现实暂停的道具。

但历史的陡坡向马蹄压来!
伤兵与难民搀扶着从车窗走过,
大花园里干枯的喷泉像
炸毁的剧院里石化的旋律。

当夕阳试图栖上一只洋葱形屋顶,
马车已转过街角——冷,积雪
被阴影铸成坚冰;冷,白杨树的根
无法向枝叶供血,比这还要冷,

冷到当年割地的条款就在我手中签订,
冷到我为革命捐躯,领袖
却携妻妾夜奔,冷到想起
三天之后就是传说的世界末日。

Ⅱ

一处老邮局露着灯缝,像

潘多拉盒子,释放百年的坏消息……
各式屋顶交会的岔路口,
像一张摆好餐具的桌子在等——

那些开着军舰来谈判的人,
那些住进了租界而忘记有家乡的人,
那些失去了国家仍梦想黄袍加身的人,
那些抱紧了金条葬身海底的人。

他们仍然活着但戴上了新的面具,
忙碌在比过去更大的舞台,
要不就是在热带岛屿上度假,
在医院里以氧气维持呼吸。

冷,冷到历史就是一门关于失败的
考古学,冷到每个人的内心
住着一个暴君,冷到
万物之间的风筝全都断了线。

Ⅲ

咖啡馆的暖气被不时敞开的门
耗尽,手憎恶杯壁的厚度,
喝下去的能量无法抵达脚心,
窗外,有棵巨大的圣诞树扎到一半。

据说这里是昔日的亲王府:

门廊,台阶,数不清的房间……
那些窗户黑着脸,表明了家族
有一群为争房产而诉讼的海外子孙?

匆忙的晚餐之后回到旅馆,
终于进入了烤箱般的化冻时间;
但电视机里的夜晚更冷,冷到无人
声称对爆炸案负责,冷到资本

在所有国家与制度背后垂帘听政,
冷到阿兹特克人不得不站出来辟谣:
并非世界化为乌有,而是将出现
重大改变。改变?……用遥控器说晚安。

走在忠孝东路

走在忠孝东路,
在那些黄色的面孔中
我路过了自己,
我坐车坐过了一站,
来到一个亲切、陈旧的未来。

那些树跨越了世纪,那些
店铺招牌上的汉字从没有被砍削。
骑楼里弥漫蛋糕刚出炉的诱惑。
咖啡馆窗前的女孩,更倾心
时装杂志,但祖父读过的书犹存眉梢。

日常的光在方格子桌布里
发酵。风在栏杆上哼唱
一支老情歌。时间让大厦
有了木质的温暖。天空
廓张了博物馆里一幅画的留白。

当每天的喧嚣撤离我的周围,
寂静是如此地震耳欲聋——
我的教养习惯了和推土机相处,
像一座移动的废墟寻找地基,
我的神经已变成电缆足以包住火刑。

也许一切慢下来了,梦想就会变小

变得整饬，如同停车场内的车辆；
而我看见成排后视镜中的大陆
沙尘暴般翻涌，吞没思考，看，
我不在，属于我的命运仍在奔跑。

海豚跃出海面时，会把呼吸变成
快乐的喷泉，但舞蹈从不是我的习惯，
走在人群中，似乎就已经足够——
旅行让我变成升起的潜望镜
看见了一只从月光里伸过来的手。

夜访

十一月的雪飘在满是烟霾的天空，
北方，就要凝固成没有日常的冰川。
我仓促地启程，为寻访远处的你。
一路上后视镜里的矿井都在塌陷，
刮雨器勉强地承诺一小块扇形的前方，
雪如亿万飞蛾吞吃车灯；驶出
几百公里，奇迹终于出现，树叶
开始发绿，月亮像一架飞机的尾灯
静静领航，河湾里麇集的船
企鹅般孵化着某种濒临绝迹的生活。

路牌上的地名变得散淡、亲切。
每座城市的规模相当于十几分钟的
光带。摇下车窗，风中有种
亲人们在为你筹措赎金的暖意；
和缓的山势松开了内心的油门，
减速，尽可能享受骨盆般的拥抱，
即使闭着眼睛，我也能将车
泊进小院；一棵蜡梅垄断了
空气，草丛里摆放落叶的合影，
整个房子是一盒等待冲洗的底片。

那扇门中的你比我更像我，
那张年轻、狭窄的脸，头发
连同衣领布满神经末梢，静止在

多年前的那场告别。你说：别开门，
一幅从墙上掉下来的画刚刚入睡，
而家具们正爬行在逃往森林的途中，
灯一亮就会回到原位；这里已经适应
黑暗，并且将锁孔视为世界的中心。
你说：路过我，成为他人——
十一月的雪飘在满是烟霾的天空。

变焦

I

越过了长城,越过了
上百里几乎没有植被的山脉,
空气中能嗅到水源之后,
就像从剜空的洞窟边看见了
一面被移至日光下的壁画:
倾斜的、越升越高的柿子林,
根重新插入了岩层,褪除霉斑,
和别的树种争抢着光线、雨滴,
绿色变得明亮,变得稠密如
熔化的金属,涌到了悬崖;
在那组接近了无限的数字里,
每片叶子都轻快于它们是无名的一,
轻快于飘落,或仍然留在枝头。
沿一道被风掀动的金色襟带,
果实在鸟儿的啄食中变得更甜了,
毫无顾忌地膨胀,瘫软,滴淌。

II

窗前的这一棵又占据了视野
(维米尔式的光透过它射进公寓,
照亮这首只写到一半的诗),
我们总是会陷入相互的探询,

像两片叶子形成一个颤动的颚。
柿子初夏时还小如刚发育的乳头，
躲藏在丛簇间，羞怯于渐增的重量，
色泽变得像发红而透明的耳垂，
经过了霜冻之后迅速地丰满，
变成烧红的烙铁，赤裸在空气中
大雪中，渴望被抚摸被吮吸。
从未见过如此忧伤的乳房，
硬如卵石，熔浆已冷，掉落时
被枝杈刮伤。碎裂的皮，失禁的
分泌物：血，胆汁，种属，核。
我的凝视暗成一处生完篝火的洞窟。

我身上的海

那片海没有出路,浪
从层叠的沟壑间撕开豁口,
转瞬即至,扑向这一处岬角;
来,就是为了撞击礁岩,
以千万道闪电在一个词语上纵深,
留下钻孔,升到半空,蒸汽般
撒落海盆,变成烟花的残屑
藻草的流苏,变成无数只帐篷
搭建半秒钟的营地,突然间受余力
推动,又绷成一道应急的脊梁,
为了让下一排浪跃得更高,来了!
如此黏稠的穿越,以血卷曲刀刃,
以犁拉直瀑布,裹挟着风
再一次攀登,是的,只有撞击过
才满足,只有粉碎了才折返,
从不真的要一块土地,一个名字,
一座岸——虽已不能经常地听见
身上的海,但我知道它还在。

马可·波罗们眼中的中国

嗜睡症。太平洋的涛声
像一支催眠曲轻摇昏睡的大陆。
我们的船靠岸,行窃般慌乱而多疑,
看见沙滩上堆满无人捡拾的黄金,看见
废垒边碎石的反光比伏兵的利刃还要刺目
……长筒靴试跳半支华尔兹,确认
脚下的浮土并非陷阱,悬崖边
大猩猩的骨架以空洞的眼窝提示前方
——我们弯腰潜行,进入的第一个村庄
还在飘动炊烟但已经不见一个人影,
好像瘟疫的传闻刚刚在上一秒被宣布,
哦,这个从未聆听过《福音书》的国家!

通往内陆的车辙在嗜睡中跌下悬崖,
群山里积压着比夜色更深的煤。
一条江长过多瑙河,一幅风俗画
闪现在它沿途的每一段:小船
堆满了家什,像吉卜赛人迁居到
烟波里的帐篷,岸上的纤夫叼紧汗巾,
背影恍若成群受缚的普罗米修斯。
当我们闯进了一座码头边的集镇,
却被泥泞的巷道散发的阵阵恶臭窒息——
难道这气味就是他们抵御外族的弓弩?
示警的大铜锣高悬门楼,槌子撇进了
戏园,油腻的酒桌边围坐一圈打鼾的兵。

嗜睡的城墙一推就倒，扬起的灰尘
就像它歪向床榻时打出的成串哈欠。
嗜睡的吊桥已经被走过。嗜睡的
县衙，就连门口的石狮子也在分泌口涎。
嗜睡的招牌，一阵风过掉落街心。
嗜睡的私塾先生，等着顽童手中的
弹弓来驱赶粘在他鼻尖上的苍蝇。
嗜睡的妓院，不到日薄西山
不将珠帘卷起。武馆里的师父
都深谙闭目养神之道，他们说自己
睡也是醒醒也是睡。嗜睡的更夫
罢敲他的梆子，在醉乡贩卖一方奸情。

那放生池中的黑鱼漂着，不知生还是死。
摇头晃脑的书生，替古人考虑一个
押错的韵，入住在禅房已经数月。
塔檐的风铃像藤蔓绕缠在最慵倦的午后，
铜磬声声，宣讲着比美梦更完满的空。
夜泊，他们就变成一只只压扁的锚
睡在最逼仄的舱底。借宿无门，他们
枕着砖头睡在沙滩上。洪水暴涨，
他们的女人睡在家中的澡盆里，
思春，她们就缩小，粘在蛛网上。
透支了祖先，他们就睡进当铺的秤盘，
他们就睡进空荡的、白蚁成灾的国库里。

紫禁城的宫墙像金光熠熠的沉重画框，
里面的人物比伦勃朗画中更阴沉，
天窗投下的光束很难捕捉他们脸上
扁平的表情，如果聚焦他们的瞳孔，
会看见一面发抖的盾牌；那大殿外的台阶
一级一级，晓谕权力和权力之间的距离，
那最高处的椅子即便空着也会每日被跪拜，
无人敢问它的原罪。从我们炮筒般的
望远镜望过去，长城不过是纸糊的屏风，
但这里盘踞着成堆假山般的傲慢，
在傲慢的内部有一座洞室，炼丹炉
冒着白烟，石桌上摊放不死的秘方。

到处是以梦为生的人，那不如
就卖一些鸦片好让他们将梦做得更深，
让苦力忘记积年腰伤，并拥有后宫，
让世家子翻箱倒柜，卖掉妻儿，
让我们的船队拖着冰山般的白银沉重地返航，
让这个遗孀般在幽闭与沧桑里不能自拔的
国家，感伤在她从债务中惊醒的除夕夜：
胸脯探过紫檀茶几般暗沉的海，问
她已成强敌的邻邦："我已守不住空房？"
反正不待回答，她又会昏沉沉地坠回未做完的梦。
看，她将进口的所有时钟都固定在三更，
她的小说家们都喜欢以一场大雪收尾。

即使坐在谈判桌边，他们也嗜睡

如刑讯室的强光照射数日后的犯人，
那就让我们用毛瑟枪的子弹去节约时差！
让养心殿在幻听成爆竹声的奏章上
又给了我们几个港口，几座城市，
几千万两银子。烧毁的圆明园
无疑更吻合他们的审美，借我们的火把
他们镀亮了云层里的经幢。忠告：
"凡是在建铁路和竖电线杆时，
必须顾及他们的祖坟，切不可无情地摧毁。"
其余视野所及之处，均可抹上黄油
慢慢地咀嚼：稻田，平原，矿藏，佛窟……

在租界里他们比我们还懂得享乐，
以梦游者的哲学，参透了声色的禅——
呷一口威士忌就能判定它的前世今生，
凝望玛丽·璧克馥的眼神如同自甘伏法，
但澡堂里的蒸汽才是仙境，捏脚的师傅
能带来任何真实的女人不能给予的快感；
一转身他们已经换上燕尾服出现在舞池里，
像桅杆竖立在海浪中跳起探戈。有时
他们扮演革命党人，心中追摹的却是
旧王朝的某个英雄。他们将泪水和欢呼
都献给了舞台上的角色，而将家留在
一团永恒的阴翳里，也许他们最懂得

活着就是观看已经编好的剧本
如何在彼此的生活中上演，意外的毁灭

不过是比想象中提前拆除了布景——
落进黄浦江的炮弹可以当成烟火观赏,
我们,不过是上帝派进古老园林里的
高鼻子玩偶,我们拿走的东西他们视为
物累,并且,他们的地下还保留着
数百个可以挖出来贩卖的朝代。
在世界的中央车站,他们笃定如
握有另一张时刻表,打着盹,等待
铁轨变空,沉默被听见,梦的穹窿被移开:

从头至尾,我们只是在热那亚的监狱里踱步⋯⋯

V
新诗
（2018—）

阿特拉斯与共工

我敢肯定他们是同一个,
终生的事业就是和天空打交道,
有时跪立着,肩负
浓缩了宇宙的大铁球;有时,
用头撞击一座山,逼迫星辰四散。
忍耐与宣泄,倾听与嘶吼,
木讷的侍奉与迅疾的复仇,
佝偻的石柱与翱翔的火
——我敢肯定他
在一生中分裂成两个人,
每次行动都扮演敌手,
并非为了逼真他们在梦中也不拥抱,
而是他们从未被告知对方的存在。

断章
　　——**醉读贾岛**

衣襟盛产凉风，驴背淡出重门。
必须想象自己住在一座空城。
必须半倒的墙，深秋的雨。
必须让朋友们离去以便思念，
莴笋必须瘦成竹子，萤火虫必须老病，
艳遇如果来敲窗，必须推迟到来世。
鄙薄物质到干裂的瓢反过来问他讨水喝，
挖掘内心的井已达砂砾层，哪儿
也不去，唯有丈八的荒茅做邻居，
自责蝉蜕去的壳还不是空——
不系的帘幔将暮霭扣留在廊檐，
吟唱就是还乡，缩短词与月亮的距离。

读《安娜·卡列尼娜》的女人

月台上,令人心烦的结局和开始
拖着各自的行李,飘过一件黑外套,
安娜的脸正从玻璃上挤进她的脸,

她合着书,等火车奔驰起来,
圣彼得堡也只是身后的一站——
托尔斯泰需要女主角赴死,
并非所有的约会都钉进那截枕木。

她害怕像一只草帽被吹出窗外,
越来越小,一个小白点,边缘悸动着,
固定在某处,草丛或石缝就足以淹没它。

而在火车提供的速度中,风景
就像成群的渥伦斯基,不停地追逐,
它们当中最雄伟的:横跨峡谷的
铁桥,也不过在她的视线里坚持了几秒。

蒙德里安的海

从神的侦察机往下看,
海是一座没有顶的小教堂,
挤满了十字架和烛光——
它们爬上墙,又跌落。

当光从维米尔的画中被取走

创世纪以来已经无数次——
牛奶泼溅到桌布,珍珠碎成末,
一封无法读取的信消退了
水手胸膛的温度,地图上的
船开始触礁,或相互撞击。

当窗户已经什么也不再许诺,
旷野上并没有多出逃难的队列。
地理学家的手转遍地球仪找不到
可去的地方?我们还在原处,
像企鹅,摇摇摆摆的身体就是家。

不署名的脚印践踏着尚未枯萎的
花园,被踢翻的水罐像狗发出
哀嚎,原来流放可以找上门
而不带走你,隔着僵冷下来的
河,已经能直接听见海啸。

做你们该做的,一个粗暴的
嗓音在说。随后:做你们该做的,
一个压低的、智慧的嗓音在说。
做你们该做的,一只乌鸦
怪叫着飞走,急于去传播笑话。

我们梦中的日出无法阻止

成顷的郁金香向蕨类变异，
风刮走了每片树叶，地窖里
总是回荡着密谋者的耳语，
你推开门，却什么也听不见。

琴键般起伏的屋脊早就停止合奏，
地平线和风车，像付不起房租的
醉汉和沉着脸纺纱的女房东
在一起，仅仅在一起，徒劳地
望着夜色吞没彼此的呼吸。

海来索取它被填成陆地的部分了，
涌上台阶的波浪斜铺成一排
希腊神话里的床，耐心地
等我们将自己的尺寸变得整齐，
躺上去，任凭它们缓慢地推远。

霍珀（选四）

三间屋

I

一块暗礁内部挖出的屋子，
挖出的石料堆成四周的阴影。
住在附近的人亲切地称它
"午夜的光之岛"，午夜，
当泅泳者经过时，四肢
会被黄蜂般钻出窗户的灯光螫中，
一阵温暖的麻痹，足以导致
终生羁留。不信就问问
那位白头的酒保，他来自
我们每一个人的老家：一座
被浪冲毁的码头，储藏在大脑
但远离了心跳；如今他弓身
在海的最深处，熟知用什么来
填满黎明前成排像伤口咧开的杯子。

II

固执留下了形象，但不够。
岸边的塔或荒野里的大教堂，
智慧的虹已在其中蒸发，徒留
七彩的纹饰。看，这铁道边的屋子

让我想起祖父当年端坐在家中，
要对抗随时会来的地震，
已无人信任古老的屋顶了，却也
没有谁能劝得走他。地震确实没来，
但我们都已爱上路过的新世界
——忍冬花的耳朵探出枕木
测听车轮，一种速度如炉膛的火
一闪，瞬间让它枯干。酷烈的
不再是对抗，是地平线逃往
自己的尽头，让位于面对面的遗忘。

Ⅲ

连大海也可以省略，唯愿光
到最后的一刻依旧在场，它
透视人不过是一场自愿的耗散，
像一团咖啡的热气渴望被风催赶，
很快就剩一层薄薄的黑色残渣；
它透视而不责备，如常地抵达，
顺应门窗既定的方位，如果
一面墙赠予了画布，它就用
整天描绘出你生命的不同时段，
直至傍晚时你们完全叠合，那份
默契远非大海与陆地能够比拟。
看，连故事也可以省略了，只剩
类似固态的那种波动；波动，
不就是全部？我生来从未见过静物。

科德角清晨

Ⅰ

撤退了,夜的森林和鱼雷,
尖顶屋走近了海滩,窗边
晨眺的你一如俯身在船舷,
令我的画架变成升起的潜望镜,
看,一排浪涌进了画布上的空白,
让我忘记你是我的妻子,让你
还原为一个我想诱惑的陌生人。

处在一生中最旺盛的时节——
她有权利期待每一天都是哥伦布
看见的新大陆。她巍峨的乳房
能征服纽约,能赢得一部为她谱写的
交响乐。她的身体里住着一位
年轻的水手,大腿紧绷的曲线上
经常跑过一串他制造的汗珠。

Ⅱ

我是科德角雪后的冬日,沉闷如
暴君,冻结了所有的去路,
废弃的灯塔已变成监狱,

塔松像战败的旗帜插满冰的箭镞，
丘山没入雾，唯有神的吊臂放得进
一束光——那条环岛的黄丝带，
那位举着火炬的马拉松选手。

但在绘画中我热情而耐心，
每一笔饱含奔流、撞击、泻落，
年复一年，从不厌倦重新来过；
我是模仿潮汐往返的奥德修斯，
近在你的额头，远到风沙中
为你内心的飞机场造一个世界尽头，
情欲不过是我最初使用的脚手架。

自画像

I

厌倦旧日重来,但恐惧
来日无多,恐惧我身上的
某部分骄傲缺少了体能做支撑,
该经历的都经历过,没什么遗憾,
但我作画时仍是慌乱的朝圣者,
感觉到维米尔、伦勃朗或德加在场,
我反刍老欧洲,在美利坚野蛮的厩栏。

也许我还偷过一点契里柯的光,
但懂得用日常的帷幔遮住
超现实的舞台,朴实有时是
被逼的,我无法优雅如巴尔蒂斯;
忠实于垃圾箱边的街道,陡峭的
屋顶,被凝视而不出现的远方,
我爱黎明的空胜过黄昏的空。

II

我祈祷长留人海的底部,
不要聚光灯和奖项,它们像鱼雷
毁掉过天才,而我的才能窄如

独木筏,毕生仅够负载一件事。
如果有可能,我还想收回
已售出的作品,和说过的每句话,
变成一座尚未存在的岛的草图。

再多给半个世纪,填满我
轮廓的褶皱将会从大西洋浮现,
或许它只有一扇天窗的面积,
这就足够了:在现实
薄成一层纤维、几乎可以透进
风之处,我贪婪地向外望,
而石头始终用它的内部撞击我。

阳光里的人

坐姿像殡仪馆的床摇起来一半,
死者们在晒太阳——
隔着几十里的草地,山脉
也在对称中后倾,仿佛
要为这里腾出更多的天空。

管理员可是位好小伙子,
自豪于充当了搬运工,而且
没弄乱他们生前的发型和穿戴,
现在终于可以歇一歇,
安心地看会儿书。

一个古怪的微笑慢慢地
浮现在他的嘴角,因为
他听见了,当戴草帽的女士
想要松开脖子上过紧的围巾,
有位先生说:嘘,我们是死者。

流水账

世事漫随流水,算来一梦浮生。
——李煜《乌夜啼》

1

低矮的屋檐,再低一尺
就是墓穴。几根柱子
像哭弯的蜡烛,对它们
多讲一件伤心事,就会垮塌。

房间不算小,那是因为
家具太少,射进来的日光
就像独木筏,划行在
涨潮的湖面上几座小岛之间。

只有围墙高大、结实,
而且每天都在上升;人站在
小院里,就像井底的矿工,
但至少能看见天空。

一场缓慢的埋葬……
是要等到我们修炼成磷火吗?
不,好像还是希望我们
扮演活化石,以展览他们的仁慈。

2

俭省,有违我的道德,
但我们必须俭省:配额的
食品经过看守的克扣到达嘴边,
只剩碗底的几十粒米;

要不你就向他们买——
用一件绸袍买一斤肉,
用一根银簪买一条鱼,
用一块玉佩买一壶酒。

但一只母鸡要用五颗钻石换,
因为它能够增殖,每日
产下的蛋等于断掉
他们生意的一条后路。

深夜我们结算着
可支配的财产,但
从不提及已经花费的——
从拥有一个国家到就要成为乞丐。

3

他们也有算错的地方——
不,我从不憾恨失去王位,
那把火山口上的椅子
需要的只是一个牵线傀儡。

城头的圆月被刀斧逼视,
逐夜亏损;登基等于
从心理上开始一场凌迟:
和平以高利贷换来,装潢着门面。

有关我将自焚殉国的誓言
是由你姐姐径自对外发布——
并非要谴责她——她太进入角色,
太想扮演好国母,而我

更愿意她怀抱琵琶,起舞于
一曲"霓裳羽衣"中,所以我
摘取你,群芳里的芍药,你给了我
成为世界的情人而非丈夫的机会。

4

我的渴需要一杯水漫出的部分来解。
我嗜血的本能只限于棋盘。
我最想诏令停工一年,让
整个国家屏息于百花绽放的时序。

我爱听柳梢发出私奔的窸窣声,
和幽旷、有回音壁般的蚕房里
桑叶被慢慢咀嚼的沙沙声,
一阵灵走的雾,一场入梦的春雨。

你可以想象这时候跌撞着闯来
通报大兵压境的将军有多么扫兴,
他应该踮起脚尖贴墙而过,
且轻声致歉:就当我是一个谎言。

为此我决定将创建舰队的钱
转用于造一座大花园,
后来,有一天,听了你的建议,
将这些钱捐给境内的大小寺院。

5

想起来了,令国库空虚的
还有契丹人,从我祖父那里
他们就开始收保护费,传说中的
巨人族,至今仍然是传说。

当然,也少不了眼前的这些人,
他们用我们进贡的金银
发军饷,而进贡的物品则需要
配送专使,解释其价值及用法——

譬如,他们不懂得夜明珠
用于卧室的照明,能为女人的肌肤
和体态增添神秘,并且避免了
蜡烛燃烧过程中弥漫的烟气。

这些只迷恋于版图与库存
并纵火焚烧带不走的风景的人,
正是他们从一只蛀空的壳里
将我们解救,并护送到乌有邦。

6

沿第三根梁与墙的接缝处,
你看,有一道屋漏痕
如鬼斧神工,为我每天
在纸上习练的笔法所不逮——

它在变,从最初的一滴泪
开始,变成一条穿行广漠的
龙;它在动,仓颉眼中
无声的绳子,要绕出最初的文字。

嘘,别出声,别让他们连这个也拿走
——我知道你想说什么:
在昏黄的烛光下,它越看越像
一幅故国的俯瞰图——然则

听命于万有而非一时一地,
无论你想和什么互通消息,它
都像伶官那双灵巧的手,
为临睡的你在帘间织出投影。

7

北方的冬天无事而苍茫,
田野缴完了所有的税,
风跑进词典吹走绝大部分的词,
地面被分类为柴禾与积雪。

当杨树将自己简化成日晷,
地平线上不论高矮的房屋
全都变成了沙漏,那些檐角
融化的冰棱,敲响隔世的云磬;

我们开始拥有时间——
处决的前夜般漫长而短暂的
时间,被遗忘的羊群
自我放牧的时间,民歌般

从山梁另一边尽可能绕弯
来找我们的时间……是不是我们
能活在只剩时间的时间里,琥珀般
彼此包裹,却又游于物外?

8

晨曦薄施早春的粉黛,
看,窗外的枝梢正变成
你刺绣的图案,成群
蜡梅捻亮了鹅黄色的灯笼。

你熟睡的手垂悬床沿,
仿佛要捡起地上的针线;
是一个怎样的梦牵动你
微笑的唇押韵着紧蹙的眉?

我们就快要捱过又一个寒冬,
挨过被单裹住腰身、在屋中
跺脚的日子;残剩的佩饰
已不足以换来棉衣,看守们的

脸色一天比一天阴沉——
我必须天亮前就守在窗边,
以防他们偷偷靠近鸡圈,
抢走那几只温暖、发光的蛋。

9

放风的机会到了!被置于
长长队列的末梢,我们
萎缩的肺,贪婪地游向
青草、柳丝与化冻的河水。

旗幡簇拥那个新继位的人,
沿俯首的万众登上高台,
他宣称丰收的季节将至,
前夜的烽火全成流星。

看,他像不像我们盯视
太阳后将目光移向别处时
挥之不去的黑曜斑,或
千万具枯骨间兀立的碑?

就趁这繁缛的祭礼,畅饮
旷野的风吧!你的嘴唇有了
血色,你用衣袖与鞋底偷回的
绿,会将临睡前的话题装点。

10

煮熟的羊头兀自圆睁哀恳的眼,
喋血的刀没入滚沸的汤,
瞬间,只剩下骨架在漂浮。
膻腥的雾,撒落的孜然和花椒,

还有那些胡茬间飞溅的酒沫。
胃陪绑着一种饿过了头的堵,
我尽可能地漠视筵席上
那些侧身相对的旧臣——

不,我不恨他们中的任何一个,
却也不愿在生前再见到
哪张脸,我倒宁愿他们恨我,
以我祖父和父亲的名义,

以被我葬送的国土的名义——
这阴郁的尘世从来都需要
找到它铁血的主子,
以便跪立着被骑,转过头去舔。

11

长桌尽头传来拙劣的琴声,
让我想起当时被拴在
一根长索上的宫娥,想起
教坊奏响的那一曲《长别离》;

她们已零落到哪一片
暮霭,哪一道沟垄,
哪一条醉醺醺的皮鞭下?
抑或好过陪在我身边,

在更行更远之中反而
找到了踏实的心跳,每天
都可依靠的肩膀……忽然
你被降旨离座,去跳一支舞。

不祥的预感,如惊蛰提前
而至:地心窜出的千百只虫蚁
瞬间要将你抬走、送上祭坛,
那最后的、最精准的打击来了!

12

一个无风、晴灿的下午,
看守们在倒扣的柳条筐上弈棋,
有颗过河的卒子想要翻悔,
狼狈的狡辩淹没在一片哄笑声中。

我在桌边和自己对弈——
沉吟于整盘未动的棋局:
在扩大的界河两边,
每个棋子都是一粒往事的锈。

对面那个空座位上的我
开始厉声催促:来呀,
驱遣它们来找我,每一步
都是那不计后果的后果。

我锈在椅子上。我输掉了
最后一隅故土。我看见
他摆弄着好战的阴茎,
摧毁你,和想偏安的我。

13

午夜你归来,恍惚如
从烟囱上绕回的一缕烟,
径自飘过门槛和烛光,
回到炉膛边,依偎火——

烧热的水倾倒进浴桶，
你就消融成氤氲的蒸汽，
雾一般沉寂，直到鸟雀
开始在渐亮的枝梢啁啾，

你上床，面壁而卧，
从此凝固成地窖里
一块刺猬状的冰，
一把患上了自闭症的锁。

我的梦在椅背上时断时续，梦见
某座倾颓的山神庙，风撞击着
一扇再也合不上的门，泥塑的金刚
兀自圆睁双目，手中的戟却不知所踪。

14

这是马放南山之后的战争——
当所有表面的臣服都已被穷尽，
就会有一支新型的部队，
开拔进我们的体内。

他们会挖出我们的胆，
让它在炎热的空气中风干，
再塞回原位。他们切开
我们的泪腺，试图一次性地

排干所有泪水,还会
揭走我们盾牌般的眼帘
而让眼球裸露着,裸露着,
丧失不看的权利——

他们要我们看自己
鱼鳞般被片片剥光的尊严,
要我们在干裂的沙滩上
相濡以沫,却又憎恶彼此……

15

入夏,任何污秽散发的
气味都被放大,譬如到处
谣传我靠你到宫墙里卖淫,
换取衣食和苟活的机会——

有时你捎带着什么回来,
有时是它们代替你回来:
一件羊毛坎肩,仿佛
应许着还有下一个冬天。

发霉的绿豆糕,吹掸掉
泛绿的绒毛,依然可口。
杂沓里是什么?打开盒盖,
是一顶绽线的冠冕——

想起来了,我已经从
违命侯擢升为国公,
月俸据说也涨到了看守
愿意每晚多添一壶酒的程度。

16

日光中一道匍匐在地面的衣带
像某个老臣向我进谏:
现在还来得及,以死勾销
坏账,在青史里留一抹余晖。

还真来了,那些个
以袖遮面的家伙,像铁钳
伸进已冷的炉膛,受命
试探灰烬里是否还有火星。

我爱看他们陪我打坐的样子,
我叹息,他们就捶胸,
我佯哭,他们就真的流泪,
我假寐,他们就对视着,

对视着,然后,在我的
呼噜声里,蜥蜴般
排成一小队,下了台阶
越爬越快,越变越矮。

17

早在那座患有佝偻症的大殿里,
我就梦想过出逃,最好是
做一个隐形人,被追踪
却能够逍遥于熟悉的大街小巷,

走动在人群中而不被指戳——
昏君,懦夫,色情狂,败家子……
每一种身份都是折断的钥匙,
早在自己的家中我就无家可归。

清静了,守陵般的清静,
像一具屏住呼吸的行尸,
唯恐那几面墙和柱子争抢着
走近,来测试我头盖骨的硬度。

我拿着碗却还在四处找碗,
走到了鸡圈边又退回来——
仿佛第一次看见它用翅膀
护着蛋,充血的眼神滴淌恐惧。

18

现在酒是唯一的故乡,
它不需要门外有路;
这杯中的桃花源召之即来,
通畅了,暂别陆地行舟,

任由河心领我打转——
看，落英正回到树重开一遍，
雁背的夕阳，返归中天，
亘古的积雪消融于群山，

令渠水变清，闪烁在九州的
稻田，阡陌纵横但没有
国家，没有边境，没有
称之为一种姓氏的春花秋月。

就让庄周永在他的梦中
扑动着蝴蝶的翅膀，让
武陵的渔夫时常惊疑地抚摸
那对将他划离过今生的桨。

19

颂歌的年代已过——
从何时起我们转而
寄望于一个人的道德水位
不至于泛滥成侵吞两岸的老虎？

砚台里有一潭溶不开的夜，
胸中有个不眠的吹笛人；
弦月深处的伐木者，
对应我这个地心的更夫。

来磨墨吧，满江的浪涛，
来我桅杆般的笔下，
稀释浓稠的血泪，
摇撼尘世的骨盆——

星际的秦汉算什么？
银河般的盛唐又算什么？
给满天华丽的藻井，
要求我赋予它凄凉。

20

命定的一生被迫学会了
千万种现实的减法，
减去的全都变成枯叶，
低于记忆的台阶——

而余数变成了词，
出没在我凭栏的远眺中；
我在等，等词再减去词，
等最后的词现身如

因陀罗网上的珠子，
我在等，等我最后
那一片被钩住的衣角
也能慢慢地松脱，飘开，

立上云的天平——
铁链岂能锁住虚空?
并没有失地需要收复,
江南不过是一张用熟的意象表。

21

秋风里传来卖货郎的
吆喝声,阵阵欢乐的
喧哗波及耳膜,心,
我这颗处在弩尖之上的心,

却又多容易被别的射落!
那就让我向他换点什么吧——
用折叠在梧桐果里、来不及
释放的射线,换前世种过的因;

用万物回归至原位,
换一场童年时烂漫的奔跑;
用这首墨迹未干的诗,
换一晌寻常巷陌的闲谈。

拨浪鼓又摇向了下一个路口,
下一条街。下一道山梁
仿佛也在守候着他——
从永劫的轮回之外,挑来新世界。

22

牵机药送到了,我捧起碗
而夜空从碗里的涟漪
捧走我的脸,瞳孔对着
瞳孔,最后一遍看自己

依然是恍惚的、动荡的,
像在雾中的桥头看
一场多余的繁衍紧接着
匆忙的离散,然后看

雾尽之后寥落的波心;
马钱子的味道实在太苦了,
苦醒了我一生喝过的酒,
太苦而且太痛,沿锁骨

折卸了整副的骨架,头
想要抵住一处床角但找不到,
别碰我!我自己找,我
睡着了就能够找到。

23

梦见流水被刀砍断,
梦见白天卸下了梦游的车轮,
梦见夜晚拥有了熟透的、
深沉的、环形的睡眠,

梦见灵魂长有尖喙，
转动着一只眼珠，瞬间
飞至无枝可依的顶点，
仿佛是借了满月的光辉，

俯瞰着万仞之下
那个熟悉的身躯，他
蜷卧成一个零，一个圆，
一个可以被抽空的结。

谁在说：你会回去，
深冬里一棵发抖的树，还在
等待你的体温。又是谁
在说：越孤单，越辽阔。

24

候鸟从不瓜分天空，只穿越——
模仿它的影子在地面移动，
山河就不再是博物馆里的卷轴，你
就不再是一扇现世的窗。移动，

南方和北方就约会在你的身上，
一个郁郁葱葱，一个苍苍茫茫，
没有一条明确的界线将它们隔绝，
没有一个生命不缺少异乡。

移动,你留下的空缺在某处
很快被填充,但在另一处,
空缺越来越小但越深,虚掩着,
虚掩着,突然变成一道敞开的门。

听,当迎春花的色彩炸响如爆竹,
当汽笛来自沉船,催动一湖涟漪,
浮云是我沿途露宿的帐篷,
满城飞絮是我归来的方式。

VI
清河县

清河县 I （2000）

称谓"我"在各诗中的对位表：

诗名	我
郓哥，快跑	
顽童	西门庆
洗窗	武大郎
武都头	武松
百宝箱	王婆
威信	陈经济

郓哥,快跑

今天早晨他是最焦急的一个,
他险些推翻了算命人的摊子,
和横过街市的吹笛者。
从他手中的篮子里
梨子落了一地。

他要跑到一个小矮人那里去,
带去一个消息。凡是延缓了他的脚步的人
都在他的脑海里得到了不好的下场。
他跑得那么快,像一支很轻的箭杆。

我们密切地关注他的奔跑,
就像观看一长串镜头的闪回。
我们是守口如瓶的茶肆,我们是
来不及将结局告知他的观众;
他的奔跑有一种断了头的激情。

顽童

I

去药铺的路上雨开始下了,
龙鳞般的亮光。
那些蒸汽成了精似的
从卵石里腾挪着,往上跑。

叶子从沟垄里流去,
即使躲在屋檐下,
也能感到雨点像敷在皮肤上的甘草化开,
留下清凉的味道。

我安顿着马;
自街对面上方,
一扇木格子窗忽然掀开,
那里站着一个女人。

一个女人,
穿着绿花的红肚兜,
看着天边外。
她伸展裸露的臂膀

去接从晾衣杆上绽放的水花。
——可以猜想她那跷起的脚有多美丽——
应该有一盏为它而下垂到膝弯的灯。

以前有过好多次,每当

出现这样的形象,
我就把她们引向我的宅第。
我是一个饱食而不知肉味的人,
我是佛经里摸象的盲人。

我有旺盛的精力,
我是富翁并且有军官的体形,
我也有的是时间——

现在她的目光
开始移过来在我的脖颈里轻呷了,
我粗大的喉结滚动,
似乎在吞咽一颗宝石。

II

雨在我们之间下着,
在两个紧张的窥视狂之间
门闩在松动,而
青草受到滋养更碧绿了。

雨有远行的意味,
雨将有一道笼罩几座城市的虹霓,
车辆在它们之间的平原上扭曲着前行,
忽然植物般静止。

雨有挥霍的豪迈,
起落于檐瓦好像处士教我
吟诵虚度一生的口诀。

现在雨大得像一种无法伸量的物质
来适应你和我,
姐姐啊我的绞刑台,
让我走上来一脚把踏板踩空。

洗窗

一把椅子在这里支撑她，
一个力，一个贯穿于她身体的力
从她踮起的脚尖向上传送着，
它本该是绷直的线却在膝弯和腹股沟
绕成了涡纹，身体对力说
你是一个魔术师喜欢表演给观众看的空结，
而力说你才是呢。她拿着布
一阵风将她的裙子吹得鼓涨起来，腹部透明起来就像鳍。
现在力和身体停止了争吵它们在合作。
这是一把旧椅子用锈铁丝缠着，
现在她的身体往下支撑它的空虚，
它受压而迅速地聚拢，好像全城的人一起用力往上顶。
她笑着，当她洗窗时发现透明的不可能
而半透明是一个陷阱，她的手经常伸到污点的另一面去擦它们
这时候污点就好像始于手的一个谜团。
逐渐的透明的确在考验一个人，
她累了，停止。汗水流过落了灰而变得粗糙的乳头，
淋湿她的双腿，但甚至
连她最隐秘的开口处也因为有风在吹拂而有难言的兴奋。
她继续洗着而且我们晕眩着，俯视和仰视紧紧地牵扯在一起。
一张网结和网眼都在移动中的网。
哦我们好像离开了清河县，我们有了距离
从外边箍住一个很大的空虚，
我的手紧握着椅背现在把它提起，
你仍然站立在原处。

武都头

Ⅰ

那哨棒儿闲着,
毡毯也蒙上灰;
我梦见她溺水而不把手给她,
其实她就在楼下。

发髻披散开一个垂到腰间的旋涡
和一份末日的倦怠,
脸孔像睡莲,一朵团圆了
晴空里到处释放的静电的花。

她走路时多么轻,
像出笼的蒸汽擦拭着自己;
而楼梯晃动着
一道就要决开的堤。

她也让你想起
一匹轻颤的布仍然轻颤着,
被界尺挑起来
听凭着裁判。

而我被自己的目光箍紧了,
所有别的感觉已停止。
一个巨大的诱惑
正在升上来。

II

在这条街上,
在使我有喋血预感的古老街区里,
我感到迷惘、受缚和不洁。
你看那些紧邻的屋脊
甚至连燕子也不能转身。

我知道我的兄长比我更魁伟,
以他透迤数十里的胸膛
让我的头依靠,
城垣从他弯曲的臂膀间隆起,
屏挡住野兽;

血亲的篱栏。
它给我草色无言而斑斓的温暖。
当他在外卖着炊饼,
整个住宅像一只中午时沸腾的大锅,
所有的物品陡然地

漂浮着;
她的身体就是一锅甜蜜的汁液
金属丝般扭动,
要把我吞咽。

Ⅲ

我被软禁在
一件昨日神话的囚服中,
为了脱铐我瘦了,
此刻我的眼睛圆睁在空酒壶里,

守望帘外的风。
我梦见邻居们都在这里大笑着
翻捡我污渍四溅的内裤;
还梦见她跪倒在兄长的灵牌前,

我必须远去而不成为同谋,
让蠢男人们来做这件事。
让哨棒和朴刀仍然做英雄的道具吧,
还有一顶很久没有抬过的轿子。

抖动着手腕握起羊毫笔,
我训练自己学会写我的名字;
人们喜爱谎言,
而我只搏杀过一头老虎的投影。

百宝箱

I

哦,龙卷风,
我的姐姐,
你黑极了的身躯
像水中变形的金刚钻,
扭摆着上升;

钻头犀利又尖硬,
刺穿了玻璃天,
朵朵白云被你一口吸进去,
就像畜生腔肠里在蠕动的粪便;
秋天太安详,蓝太深

而我们恨这个。
容易暴躁的老姐姐啊,
当你吹得我的茶肆摇晃着下沉,
我才感到我活着,
感到好。

我手拂鬓角被吹落的发丝,
目光沉沉地
从店外的光线撤回,
几块斗大的黑斑尾随来,
也滞留也飞舞:

也许我不该这样
盯着太阳看。
钻心的疼痛像匕首
从烧焦的视网膜
爬进太阳穴。

Ⅱ

今天没有人
来到我的店铺里
压低了嗓音或血红着眼睛;
他们的一瞥
要使我变成煤渣,

扔落的铜钱
像一口污茶泼上我的脸。
但这是他们的错,
我这活腻了的身体
还在冒泡泡,一只比

一只大,一次比一次圆;
它们胀裂开像子宫的黏液
孕育一张网,
在那一根又一根的长丝上

我颤悠悠的步履

横穿整个县。
你看，我这趴在柜台上的老婆子
好像睡着了，
却没有放过一只飞过的人形虫。

Ⅲ

当午后传来一阵动地的喧哗，
人们涌向街头
去争睹一位打虎英雄；
远远地，他经过门前时
我看见那绛红的肌肉

好像上等的石料，
大胡子滴着酒，
前胸厚如衙门前的坐狮——
他更像一艘端午节的龙舟
衔来波浪，

激荡着我们朽坏的航道。
被这样的热和湿震颤着，
我干瘪的乳房
鼓胀起
和鼓点一起抖动；

我几乎想跟随
整个队列狂喜的脚步，

经过每座漂浮如睡莲的住宅，
走得更远些，
观看穹隆下陡然雄伟的城廓。

但人们蔑视
我观赏时的贪婪，
他们要我缩进店铺的深处去，
扎紧我粗布口袋般的身体，
并且严防泄露出瞳孔里剩留的一点反光。

IV

眼皮剧跳着我来到卧室，
打开一只大木箱，
里边有无数金锭和寿衣，还有
我珍藏的一套新娘的行头——
那被手指摩挲而褪了色的绸缎
像湿火苗窜起，

从眼帘
蔓向四周。
太奢侈了而我选择可存活的低温
和贱的黏性，
我选择漫长的枯水期和暗光的茶肆。我要我成为
最古老的生物，
蹲伏着，
不像龙卷风而像门下的风；

我逃脱一切容易被毁灭的命运。

现在他们已去远,
就让我捡拾那些遗落的簪子,
那些玉坠和童鞋。
我要把它们一一地拭净,
放进这只百宝箱。

威信

当我们从东京出发时
他就已经和我们在一起了;他关心
我们沉重行李里的金子。只有这些
才会让他的笑容像车轮一样滚动,
甩脱一切的泥斑;他将自己绑在赶车人的背上
表演着车技。他吹笛子逗你开心,
不停地回过头对我们闪眼睛;
而我知道我们在自己的行李里最轻,
是那些紧捆着行李的绳子,
最后是他松开这些绳子的一个借口。

妻子,我恨你的血液里
有一半他的血液,
你像一把可怜的勺子映出他的脸,
即使当我们爱抚的时刻,
你的身体也有最后的一点儿吝啬:
窝藏他。如此我总是
结束得匆忙。
你每月的分泌物里有涤罪的意味吗?
你呆呆地咬住手帕,
你哭泣而我厌烦。

你不肯在他落单于你血液中的时候
把他交出来,让他和我一对一,让我狠狠地揍他,
踢他,在东京他没有成群的朋友和仆人。

东京像悬崖
但清河县更可怕是一座吞噬不已的深渊，
它的每一座住宅都是灵柩
堆挤在一处，居住者
活着都像从上空摔死过一次，
叫喊刚发出就沉淀。
在那里我知道自己会像什么？一座冷透的火炉
立在一堵墙前，
被轻轻一推就碎成煤渣。
我曾经在迎亲的薄雾中看过它的外形，
一条盘踞的大蟒，
不停地渗出黑草莓般的珠汁，
使芦苇陷入迷乱。

我害怕这座避难所就像
害怕重经一个接生婆的手，
被塞回进胎盘。
她会剥开我的脸寻找可以关闭我眼睑和耳朵的机关，
用力地甩打我的内脏
令这些在痉挛中缩短，
而他抱着双臂在一旁监视着
直到我的声音变得稚嫩，最终
睡着了一般，地下没有痕迹；
你，一个小巫婆从月光下一闪，
捧着炖熟的鸡汤，
送到他的棋盘前。

清河县Ⅱ（2012）

守灵

他躺在那里,
就像从前的每一天——
他卖完了炊饼回来,
几杯酒落肚,很快就进入梦乡,

而我独坐在灯下,
就像从前的每一天,
在他的呼噜声中,
迟迟地不肯捻灭灯芯;

灯为我上妆,为我
勾勒胸房的每次起伏,
在关闭了梦想的窗户里
灯为我保留被行人看见的机会。

我们早就活在一场相互的谋杀中,
我从前的泪水早就为
守灵而滴落,今夜,
就让我用这盏灯熄灭一段晦暗的记忆,

用哭哑的嗓子欢呼一次新生,
一个新世界的到来——我
这个荡妇,早已在白色的丧服下边,
换好了狂欢的红肚兜。

浣溪沙

I

那群狞视我的背在井边围成圈，
捣衣杵一声声响过了衙役们
手中的棍棒，夹带着阵阵
咒骂和哄笑像鸦雀在我太阳穴筑巢。

当我端着洗衣盆走近，沉寂
汹涌成泥石流而棒杵挥得更卖力，
背和背挤紧，像这条街上
彼此咬啮的屋顶，不容一丝缝隙。

走！畸曲的足趾流出血，
就能将裹脚布踏平成一条路。
走远些，且还要走回来，证明
我完好，并接济她们枯瘪的生活。

II

初春的溪流是千百根
能扎破指尖的针，但这股冷冽
平等于众生，手掌熬过
最初的刺痛，暖意随之升腾。

我洗我虚假的泪痕，洗

不洁的分泌物那亵衣里顽固的
斑斑点点,洗抹布的内脏,
洗遥远的婚裙上积垢的每一年。

我也洗死者的惨叫,和
蛆虫般不散的面粉味,洗
那些洗衣的女人们浓痰般的目光,
无论我洗什么而溪流依然碧青。

III

看,树林背后一个闪动的小身影
就是她们派来的密探,他撂下了
卖梨的篮子把窥视当成事业,
把别人的隐私换成掌心的碎银……

我倒宁愿他从说书先生那里
听信了前朝英烈传,然后,被
身边那位打虎的叔叔所激励——
额开六只眼,脚蹬一对风火轮,

将这城中的每桩罪恶翻个底朝天,
但他只不过是个假哪吒,
手中挥舞的缚妖索,怎么看
都像一串油亮的算盘珠子。

IV

我洗我赤裸时可以将自己
包裹的长发,太多绝对的黑夜
滋养过它;我洗我的影子,
碎成千万段的她很快又聚拢——

我洗那像绽线的袋口朝下的
乳房,袋里装满了沉重的
淀粉,它们渴望溶解在水中,
闪动着金光,甜蜜起整个下游。

我还想洗我心头的那头小兽,
它熬过漫长的冬眠爬出了洞穴,
雪白的皮毛染着猎物的血,
但在旷野里无人问它的原罪。

V

跟我来吧,小密探,到
逆光的山坡上无人看管的
油菜花田里,我让你看这个
熟透的女人每一寸的邪恶。

我将吊桥般躺倒,任凭
你往常慌乱的目光反复践踏,
任凭你锋利的舌头刺戳着

比满篮的梨还要多汁的身子。

灭绝我,要么追随我一直到
夏夜里沸腾了群星的葡萄架,
别夹着遗精的裤裆,沿我轻快、
湿漉漉的脚印,盘算着怎么去邀赏。

小布袋

Ⅰ

一根细线勒住了你的咽喉,
蜷伏在黑暗中的小布袋,
你的沉默难以捉摸,像蛇信子
摇曳着我分叉的未来——

如果有一天你突然开口,
城楼的上空就会敲响我的丧钟;
如果你已进入永久的冬眠,
我就会升起袅娜的炊烟。

世上怎会有你这样的怪物?
是空也是有,是销毁也是保留,
你那滚圆的肚子里,仿佛
咽得下每一对矛与盾——

Ⅱ

我向你借日子,借
一根柴禾点亮老女孩的梦,
借一束门槛上的日光,照耀我
尘埃般的舞蹈;借一块夜色

绣醉拥的鸳鸯,不尽的余兴往上缝,

要在空气中缝出高飞的双燕。
我向你借一个死者的死,和一个
生者的生,精明的小布袋。

我活着,就像一对孪生的姐妹,
一个长着翅膀,一个拖动镣铐,
一个在织,一个在拆,她们
忙碌在这座又聋又哑的屋檐下。

Ⅲ

你会躲藏在哪儿?房梁上
还是酒窖里?抽屉的
底板下还是板壁的夹缝中?
你和死者们一样爱上了黄泉的生活,

还是狌犴般盘踞半空?
从仵作的家中溜出来吧,小布袋,
去把升堂的鼓猛撞,
去人最多的地方,发表真相的演讲。

即使高高的绞刑台,也好过
受囚于一份永远看不见头的绝望!
从你爬满皱纹的围墙里,
不知已诞生过多少阁楼上的疯女人……

寒食

I

我支撑腮帮的手肘在椅背
打一个趔趄,摔破了白日梦——
梦见去年的冬天,我像炭盆般
被你用一把火钳拨弄,焰心

直窜房梁,将这里变成
一座燃烧的监狱,板壁薄如
发烫的炉灰;望不穿的镜子,
终于从一口枯井被填成了

词,我失手掉落的每个字
你都会当韵殷勤地捡拾,
让我相信女人是一座天然的富矿,
全取决于男人的开采……

II

环绕着一座冷却的灶台,家
只剩下阴影和灰烬;窗外
整日都没有炊烟升起的街道
不过是一处保存得完整的废墟。

为什么会有这样的一部历法?

为纪念一个死者而让所有活着的人
活在阴影里……谁暗中触碰燧石，
谁仿佛就会遭受永生的诅咒。

你不来，茶肆的壶兀立如秃鹫，
酒旗在街角垂悬成送葬的灵幡，
柳絮来自远山未消的积雪，
淡漠的阳光，是锈在弓弩上的箭。

Ⅲ

你不来，是因为我不能
再提供一个看守般的丈夫，让你
重燃盗火者的激情？城里的
哪一条街道上，又有哪一根晾衣杆

不慎砸向了你的脑袋？你手中的
洒金扇又像孔雀开屏了，兜住
她刹那的慌乱在半空轻轻一转，送还上
一个似笑非笑，随她退避的身影潜入

屋中，至夜，忽闪在灯花中，
引诱她的肩胛骨长出翅膀，
越过一圈锯齿形的痛，
任凭火要了自己的身子！

IV

来我的身上穷尽所有的女人吧。
我的空虚里应有尽有——
城垣内有多少扇闺阁的门,
我就有多少不同的面孔与表情。

我是光滑的孤儿,唯恐受猥亵。
我是穷裁缝家放荡的女儿。我是
嗜睡的、失眠的、每到黄昏就心悸的
贵妇。我是整日站在门帘下的妓女。

我有母马的臀部,足以碾死
每个不餍足的男人,哦,我是多么
小心地用岩层般的裙褶遮盖这件事——
我是死火山,活火山和休眠火山。

V

难道我应该召唤他回来?
那个被火从葬礼上带走的侏儒——
在最后的一瞥中,他萦绕成
一副变形的软手铐,且哀恳

且嘲笑,酷似他弥留于
病榻上的语调:"别赶我走……
你们就是这场火,凶猛过

饿得太久的狼群，转眼

"将我当柴堆吞噬，然后盘桓
在原地，发出满足的嗷叫，彼此
迫不及待地追逐和搂抱，可是
一旦我随风飘散，你们就有熄灭的危险。"

对饮

黄酒浊如今世,越喝越有味,
白酒爽利得紧是一条好汉,而你……
你往回走了吗我的叔叔?
你走得忒慢,当然了,你有一个自携的底座。
当我像早春的苔藓向你亮起媚眼时
你以连串棒喝并伸手一推,
将我送到了另一个男人的怀抱。
你那满身的筋络全是教条而肌肉全是禁区。

我倒很享受那粗暴的一推,
它彻底打翻了我这半盏儿残酒,
蒸腾再无星点回音,我将碎成一地的
自己收拾干净,开始用替身与舞台对接。
让我告诉你一个秘密:我并不爱他,
我爱我被贪婪地注视,被赤裸地需要,
甚至当他的手探进裙底的时候我还想到了你,
但那也不意味着我爱你,我已经不爱任何人了。

水洼里的倒影模仿天空,断了线的珠子
模仿眼泪的形状,我现在的生活
多么不同于我过去的生活……叔叔,
你的道德从不痉挛吗?十根手指
永远攥成一对拳头,除了你认为是人的
其他都是老虎?且让我幼稚地发问:
倘若那天不喝醉你敢在景阳冈上打虎吗?
哦,对不起,我的意思是,至少你需要酒……

和我这淫贱之人喝一杯如何?
高跷我且替你收着,斗笠上的风尘
且让我用腌臜一百倍的手掸净,
你那根始终勃起的哨棒儿,以往的静夜里
我曾经多少次以发烫的面颊紧紧依偎——
春天都已过了而你仍然是一个寒冬的形象,
黄河已经枯干,你还在寻找逆流而上的快感,
六月会因为你不在,就洒落下刺骨的雪?

我醉人的身躯在这里,像一根未来的
显像管,跳闪着七彩的荧光——为什么
当我变得真的像我了,却已经成为了凶手?
为什么我像吊桥般升起,全城就窒息在
因为沉默而逐渐糜烂的口腔气味里?
应该找到传说中那种会吃噩梦的貘
也必须找到,否则就太沉重了,譬如现在
酒为我松绑,我却依然无力沿椅背直立——

我就要离开这个家了。未来难料。
窗外,蝉鸣正从盛夏的绿荫里将我汇入
一场瀑布般的大合唱。我就要脱壳了,
我就要从一本书走进另一本书,
我仍然会使用我的原名,且不会
走远,你看,我仅仅是穿过了这面薄薄的墙,
你还有复仇的机会,一直都会有——
叔叔,"杀了我,否则我就是你杀死的。"

围墙

I

轿帘掀起的那一刻，
我像野猫终于溜进了
一望无际的花园，秃鹫
返航，云停泊在蓝天——

数日里丈量和被丈量。
高楼，蚂蚁，数不完的
格子窗。整饬、陌生的面孔。
假山有一种旷野的恐怖。

入夜后躺在镏金床上，像
一把短尺没入无尽的布匹；
该选择什么样的料子和颜色
才能剪裁出我的新身份？

II

小巷的泔水味已远。
洗净的瓜果应有尽有，
丰盛的宴席，整橱的首饰，
每一种用品都是一座店。

我入迷地抚摸，嚅着

惊叹号寻觅，绕过廊柱间
陡然有一阵酸楚升起——
那颗忧郁了我整个童年的

被卖货郎的担子挑走的糖，
仅仅是二手的、被别人舔剩的
甜。我喝止了眼眶里的泪滴，
因它廉价，会将罗帕变成抹布。

Ⅲ

我学会小口地啜吸，
慵懒地勾脸，用半个白天
探看马厩里配种的烙铁，
用偏头痛做诱饵，钓出

那根名叫存在的刺。
当锦鲤们悠游于池塘，
当斗争只发生在棋盘，
虚无的水位不断在上涨——

我享受浴桶里那无声的浸泡，
捆绑过我的所有绳子都已
腐烂，有时我闭上眼摸索着
未消的勒痕那发痒的呻吟。

IV

令我沮丧的不是日渐增加的
体重,如果不荡着园中的秋千
我已经感觉不到它;也不是
铜镜里阴惨的游魂,它们

无法用尖指甲抓破我的脸,
而是——这里太他妈安静了!
辽阔的帷幔背后只有不多的几个
姓氏,几张面孔,几辆交往的轿子,

只为弄脏彼此的台阶。几种
破产时的死法:绳索,井,毒药,
跳楼。几块装裱过的墓地,
用风景掩饰着失眠的起源。

V

我想要死得像一座悬崖,
即使倒塌也骑垮深渊里的一切!
我想要一种最辗转的生活:
凌迟!每一刀都将剜除的疼

和恐惧还给我的血肉,
将点燃的引信还给心跳,将
僵冷的标本还给最后那个瞬间

它沿无数个方向的奔跑——

雄伟的云纹穹顶还不是天空，
被推远的围墙仍旧是墙；
阳光中有什么魅影一闪而过，
你们能看见的我就不是我。

清河県III（2020）

雨霖铃

Ⅰ

一场暴雨移远了茶肆，
却也有那么多伞打着趔趄
翻过古桥头。雾岚林立于檐瓦，
积水没过了膝盖，街心，
青石板滑腻如群蛇。

这一天，说书人就要说到
你的死——开腔之前，
他一派监斩官的威仪，手中
轻摇的折扇，只待时辰一到，
就会变成掷落地面的火签。

Ⅱ

我瘦小的身板
从满座的项背里挤出缝隙，
远远地窥见芦帘遮盖的
那间灵堂，正被圈定为刑场——
凛凛如天神的复仇者，大踏步而来。

上一个章回翻搅我通宵的梦，
梦见一头山魈被打回原形
在闪电的鞭梢瑟瑟发抖；

梦见我变成蛔虫钻进说书人的
肚子，一口气游到了故事的尽头。

III

当尖刀插进你的胸脯
剜出你的心，我就看见
自己的血接连拐过好几条街，
像一丛野生的蓬蒿，
要爬出县城的墙——

而你仍然抽搐在
通奸的高潮中，周围，
每张嘴巴都撑到无声的惊呼，
呼吸粗重，发抖的手准备
将随时会掉出来的眼珠塞回眼眶。

IV

我扭曲的成人礼就始于这一天：
回家的路上，人们兴奋地
舔着彼此唇角的腥味，全然漠视
雨后的苍穹正升起一道彩虹，
一架渺视地平线的秋千。

就连想起这一天也是羞耻的，
你的死竟成了全城的节日——

深夜,在汗湿的凉席上,
随一阵被刀割开般的痛,精液
喷射出指缝,然后,我尝了尝它。

V

早晨一切照常,祖母的扫帚
像日晷的指针投影在台阶,
我漱洗,诵读圣贤,端坐如魏碑,
在描红簿上临摹栋梁之材——
去学堂的路上经过熟悉的店铺,

发现每个听众都恢复了角色,
他们依旧是铁匠、箍桶匠和裁缝;
但有什么确实改变了,水洼
在阳光下枯萎,我身体里
多出了一道轰鸣不歇的瀑布。

客舟

I

彻夜的狂草变成蝇头小楷,
一字一字散落波心——
这送行的雪欲言又止,
背后的京华冷过千山。

推开伴睡的岸,满船
家的碎片夯实了吃水线;
跟随我漂泊而日渐衰老的狗,
胡须斑白,叫喊已近人声。

II

倦看城中通天的飞檐
转瞬跌为齑粉,
盈门的万径人踪俱灭,
命跪在膝盖里仍难保全。

要感谢出卖我的朋友,
替我堵上这条与内心分岔的路;
祝我的位置他早日居之,
祝他不要碰上比他更伪善的人。

Ⅲ

峡谷间,鸟鸣连成
贬逐后一缕赤裸的愉悦;
逶迤的岩壑覆压着枳雪,
像圣贤的衣袖不忍拂逆虫蚁。

崩塌的彤云不留片瓦,
水是往事的屋顶,
断崖上的树继续它
朝向天空的一生的旅行。

Ⅳ

大滴阳光的焊锡溅上甲板,
雾在摇橹的船夫身后
锁上北方,我胸中的浮冰
停止了冲撞,加速融化。

数日来整理着诗稿,
它们证实我成不了李商隐
或辛弃疾,倒是留下
一笔财富可去散文中支配。

Ⅴ

长河里落日架起了炉窑,

烧得尾浪翻滚如一副
通红、化为铁水的镣铐——
血色已回流到掌纹,

梦见母亲打着灯笼来找我,
真找到了,急匆匆的光已透进
舱窗,而我捻灭了姓氏,
还乡,对生者永远都太早。

VI

码头像当铺的秤盘,
将我数十年的风尘兑换成
几行远岫,一条
往来无故人的长巷——

柳丝堪比油漆未干的栏杆,
独饮,是失眠者的通用药方,
饮尽杯底的那一口虚无,所有
失踪的羊都在《易经》里安静地吃草。

VII

湿重的蕉叶低垂到眼睑,
县衙的匾旧得早就该更换,
这里无人关心哪几股势力拧成的
皮鞭正将帝国的马车赶入泥沼。

风的羊毫暖暖地擦过面颊,
午后整条街沉睡如巫山的倒影;
有时我觉得尘世的奥秘
全在一个荡妇迈出门槛的瞬息。

别院

I

灰蒙蒙的天,亮一堂灯盏
也难以拭除窗前的霾。鼓面
蒙有一层不被信任的荒寂;
打开积年的文牍,数十万蝗虫
扑面而来,嗡嗡地炫耀灾情。

傍晚回到家中,脱下袍服
就是从每日的流放中暂别镣铐;
绕过鸟语和花香在争吵的池塘,
遁入别院的篱门,这里
我迫不及待地开始第二人生。

II

墨在暝色中涨潮,窗纱
蘸取烛光勾画一个作者的身影——
狼毫笔蓄满了精液,以
雄性的自我分泌一个美人,
她已经情浓到浑身都是私处。

谁不曾体验过书写的自足
胜于现实中搏击,谁就
无法操持这孤单的事业——

尘世是必经的但不是全部，
正如莲座之上，满眼多余的崇高。

III

我的才能是阴性的？是的，
从一本书中刀戟蔽日的地平线
只捡拾起了一根晾衣杆，
穷我后半生要以另一本书
重现它立体主义的坠落。

在我更夫般的夜巡视角里，
沙场变成了卧室，对抗变成了
通奸，号角变成了呻吟，呢喃，
哭泣。我寄身市井如同
迷恋夏日雨后升腾的土腥味。

IV

有人猜测我通过写一本书来复仇，
为什么不？想象某些人
忽然在镜子里看见自己
被打回原形的恼怒吧，但不要指望
他们就此撕下已经和脸融为一体的面具。

复仇应该像一场远征及早抛弃的辎重，
有关写作的铁律是：放大仇恨等于

放大自己的渺小,向文字祈求
一把略长于人性的尺子吧,提灯
走进坏血统,而不是将毒液涂在纸页间。

V

洗衣妇的歌声里应该有我填的词吧?
没有,我也愿意生活在宋朝,
在它的汝窑上釉,在它的勾栏皓首
——不过我更愿意相信,没有
异族的马蹄,就没有更好的年代。

我们的宫殿、房屋和记忆
都是木质的,太容易被烧毁——
殉葬在长城和禁海令之间,
我们最大的才能难道不就是
反复发明同一种命运?

VI

有时,晨风吹乱我写下的文字,
数页的墨迹同流合污,构陷
彻夜酣畅的灵感形同谵妄——
酒坛已空,思绪在砚台中结冰,
燃尽的灯芯兀自冒着一缕青烟。

即便日光已照透帘幔,不走出

屋子就走不出梦中的自画像：
这厮衣襟松散，斜靠在椅背上，
仿佛挪借了所有人一生的闲暇，
独自幽会瓶中一朵将盛开的花。

永福寺

I

残山剩水中你一眼望穿我
是个将信将疑的人——
圆寂在空翠的一角,你
跏趺而坐的姿容宛如生前。

戒坛太高,佛像太庄严,
蒲团散放成寒潭中枯干的莲叶。
踌躇在廊檐下,磬板一声声
叫我顿失膝下的狂狷。

每每欣喜于你曾经独在,
烟低徊香炉,云熟睡台阶,
在傍晚的洒扫中,青石板
像一面随月光而重圆的明镜。

II

生前从不更换泛白的僧袍,
浇罢一垄菜地,就折回窗边,
提笔抄写经卷;与你对坐,
萦绕我脑中的那些人物

恍若秋日最后一阵蝉鸣,

消歇在苦修的洞窟前，
那跃然于层林间的瀑布
正是为你滞空的几位护法使者。

入夜的寮房更是静得能听见
衣褶的哗变，那是蚌壳
碎裂在溪涧边的声音，
徒留我这团蠢动、喏嗫的肉。

Ⅲ

雨下在无尽的倾颓里，
雨下在甲板般升起的巨岩；
雨像你手中滚落的念珠，
遍野寻找属于它们的同一根线。

那仿佛是盘旋在隘口的风，
汇聚成阵阵笑声，彻夜不散，
嘲讽着我依然未走出多年前的
那场雨，依然为一个执念

妄语在拔舌地狱的边沿，
就连乱云收后，阶前
点滴的雨也如磬板一声声
仍在历数我的修辞罪。

IV

是入定的群峰,暂时清正
我内心的台阶,是雨后长空
那蓝色的火焰,带给我
一次自焚之后的洁净——

漫漶的辙迹已难以在回望中修改,
唯有成群受惊的野鹿奔逃时
溅开的火星,依然在化石里
映现它们背后迫近的阴影。

那匍匐在山脚,随骠蹄下
渐止的尘埃而清晰的城垣,
无非是那本正在被写的书——
今生我是一阵誊抄爬墙虎的风。

码头上

I

一只苍蝇像斧柄压在手指上,
酷暑,当词语们粘在一起,
当屠夫的案板覆盖了地平线,

恍若挨宰的动物最后一刻
释放的异味,正从纸上升起——
我亲手造就的死亡,不同于我看过的。

是我用一把铁钩捅进了肉,
是我煮沸了悲剧的锅,
是我让平地有了海,又干涸。

II

打一桶水来窒息掌心的火灾,
听墨渍发一声嗤响,遁走成
桶底的灰烬,瓦砾间的烟。

乱草满院像遗弃的废稿
径自生长,开它们另外的
花,结它们另外的果——

鬓角的霜雪早已不随春风融化,

拐杖的松鳞爬上了手背,
我走出屋子一如走出我的书。

III

邻家的石榴胜似烟花,
晾衣绳伸着懒腰,猫爪
盘问着阶下的飞蛾。

向某个幽深的门洞鞠一躬吧,
我常觉得她就是我,生前
一直在缝她永远缝不完的衣裳。

巷口,余音的碎沫溅上树梢,
几个孩子推搡着,叫嚷着,
争听井深处传来自己的回声。

IV

未坠的夕阳照向街心未散的
集市,它最后的黄金
薄如鹅卵石上翕动的鱼鳞。

酒楼上传来盲人的胡琴——
一种热热闹闹里的悲悲戚戚。
伴唱的小姑娘,止住你

委屈的泪水,要学你的祖父:
手在乞讨而音在空谷,
两相的漠然里,各取所需。

V

我走向码头而影子
被一群身后的幽灵拖长,
他们像孤儿,要将我拽进

那个墨迹未干的轮回。
毫无预想中成书的喜悦
能冲抵这份自责——

仅仅延宕了他们的死,
仅仅用半辈子那么长的板凳
多哺乳了他们几年。

VI

唯愿后来的每一次阅读
都是镜像的重生;灰烬
如果有根,那就是烧不透的

冥顽,在世代的枝桠上
繁衍着、豢养着、放牧着火,
扶摇而上直至烟的终了,

尘世那唯一的故事
从未被写就；他人也是
副本，述说着同样的不在场。

VII

这是一个除了山脉什么都带有
告别意味的黄昏，待渡的人
比往常更静穆，手肘和衣褶

几乎变成了石雕；大雁
衔不来对岸的消息，每一寸
波痕正被暮色还原为荒莽，

变暗的河流里有月光，
像神的白发，不朽但也会老，
部分地补偿我们的死亡。

VIII

数里的荷花还未完全盛开，
而我的凝视已经衰败，不再有
一生这么漫长的机会用于凝视了，

写下的书页变成千帆路过
我这条将沉的独木舟，就用

此处的暗礁做枕,我已赦免了自己,

当挖泥船上的锹在溢散
腐臭的淤泥堆旁继续挖着,
就像快要挖出了一桩谋杀案的真相。

墓志铭[1]

多好的酬劳啊,经过一番深思,
除了人现在我什么都想冒充。

---

1 集保尔·瓦雷里、王小妮诗句。

编选说明

这本诗选的选目以美国 Phoneme Media 出版社出版的英文版《野长城》为蓝本，是我与译者李栋在 2014 年应亨利·鲁思基金会（The Henry Luce Foundation）之邀，在佛蒙特驻留中心（The Vermont Studio Center）共同讨论的结果，讨论过程中也征求过张桃洲及其他几位友人的意见，在此一并致谢。

当时《五大道的冬天》尚未成集，不少诗作仍在写作过程中，这本诗选相应增加了后来的篇幅。诗集《枯草上的盐》中的同题组诗，以现在的目光看，并不能作为严格的组诗存在，所以选择了其中的四首，分布在同期的诗歌之中。以往四本诗集中的目次，并没有依循创作时间的先后顺序，这一次，同样没有依循时间顺序，但相应地又做了调整和安排。

《清河县Ⅰ》最初收录在诗集《皮箱》之中，《清河县Ⅱ》收录在晚近的《五大道的冬天》之中，后一本诗集出版以来，陆续完成了一些新作，其中包括《清河县Ⅲ》，这一次，我将这三部曲放在了选集的最后部分。

整体而言，这是一部有明显主观倾向的选本，以现在的理解对待了各时段作品本身的完成度，避免个人怀旧、写作动机的特殊性，以及被评论征引过的影响，早期诗也没有作为单独的部分收录。

感谢上海雅众文化方雨辰女士、编辑赵俊的邀约，感谢朱砂的设计，促成了我第一本选集在国内的出版。

朱朱

图书在版编目 (CIP) 数据

我身上的海：朱朱诗选 / 朱朱著 . — 北京：北京联合出版公司 , 2021.5（2022.11 重印）
 ISBN 978-7-5596-4971-3

Ⅰ . ①我… Ⅱ . ①朱… Ⅲ . ①诗集　中国—当代 Ⅳ . ① I227

中国版本图书馆 CIP 数据核字（2021）第 015247 号

我身上的海：朱朱诗选

作　者：朱　朱
出 品 人：赵红仕
责任编辑：管　文
策 划 人：方雨辰
策划编辑：赵　俊
特约编辑：王文洁
装帧设计：一千遍

北京联合出版公司出版
（北京市西城区德外大街 83 号楼 9 层　　100088）
北京联合天畅文化传播公司发行
山东临沂新华印刷物流集团有限责任公司印刷　　新华书店经销
字数 80 千字　889 毫米 ×1194 毫米　1/32　7 印张
2021 年 5 月第 1 版　　2022 年 11 月第 2 次印刷
ISBN 978-7-5596-4971-3
定价：48.00 元

版权所有，侵权必究
未经许可，不得以任何方式复制或抄袭本书部分或全部内容
本书若有质量问题，请与本公司图书销售中心联系调换。电话：64258472-800